郭剑波作品

竹语

郭剑波　绘著

上海书画出版社

作品创作说明：祝福祖国繁荣昌盛，人民幸福安康。作品创作源于民间传说，麻
姑心善貌美，得道成仙，用灵芝酿成美酒，于三月初三日王母娘
娘寿辰，瑶台祝寿的故事，故喻高寿，取名麻姑献寿，祈福长寿。
　　作品创作于 2017 年 12 月，历时三个多月。麻姑献寿图历来佳
作很多，为避免类似，采用写生创作为主，结合民间传说。前期到
北京紫竹院公园、河泽、洛阳等地写生，人物原创为写意转工写给合。
画面人物造型塑造文雅心善，朴素大方，灵芝酿成琼浆玉液，佛手
寓吉祥如意，葡萄意多子多孙，松鹤指延年益寿，牡丹为花开富贵，
奇石系天长地久、厚积薄发等。整幅画面调子温润典雅，艳而
不俗。观此画，养眼，永受嘉福也。

款识：麻姑献寿　道周故里漳浦画院　剑波

钤印：剑波之印（白文）　郭（朱文）　精气神（白文）

尺寸：240cm×120cm　纸本设色　中国画

时间：2017 年 12 月　漳浦画院

序

　　剑波是地道的漳浦人，漳浦乃书画大师黄道周的故乡，自古以来文风鼎盛，底蕴深厚。剑波生于斯，长于斯，自小受到浸染，青年时又毕业于美术院校，可谓基因好且又根正苗红。他近年潜心作画，厚积薄发，成绩颇佳，是漳浦本土首位中国美术家协会会员。如今，他的作品已逐步得到专家和同行的认可与肯定，这对一位基层的画家而言是难得的也是不易的。

　　剑波性情内敛，寡言少语，为人朴实而真诚。20 世纪 90 年代从院校毕业后，历经社会磨炼，但对艺术的热爱和初心不忘。近年来在生命成熟的自然过程中携水墨艺术相伴前行，以心造境，笔墨语言的内涵渐入佳境。他选择竹、石、荷等题材作为自己艺术探索的表达对象，传递自然四季轮回风霜雨雪的生命力量，表达自己五味人生的审美追求。

　　剑波擅长工笔，工笔作品里有意笔抒写的情趣。他的工笔作品有很强的装饰感，格调雅致，有悠远的意境。大块面的运用和对细节的刻画让画面显得丰富又有变化。线是画面的骨，处理好线的节奏、律动、疏密、干枯、刚柔、圆直等要素，是画家一直需要解决的课题。剑波善于运用苍涩的线条勾勒形象，扎实的书法功底造就了他线条硬朗的力度感。他能巧妙地把当代艺术的笔墨精神与中国传统文化的意象美学融入画面，不盲目追新出新，

而是在艺术境界上力求有独特的绘画语汇和艺术气象。

剑波近期以老竹新篁为表现题材的作品，每一簇竹根、每一片竹叶、每一根竹竿经勾勒线条之后很是动人，颇为感人，条条之根须与缕缕之幼篁的生命纠缠，似是苍茫天地间的生命对话，更是循环往复、永恒不止的生命张力之呐喊。而这带有哲学意味的思考和缠绵的情思，使他的艺术表达有意犹未尽之韵，反映出他对当下发展过程中人与自然、人与环境的关注，表达他对文化生态与传统文脉传承现象的理解与阐释。而这种思考与情思让他的作品充盈着人文关怀的精神，那是一种笔墨境界，更是一种人生境界。可以说，他的作品渗透着他的人生立意。《南田画跋》中说："笔墨本无情，不可使运笔墨者无情，作画在摄情，不可使鉴者不生情。"只有真正被自然打动生发出对美的感动，这样才能创作出动人、感人的作品。妙悟自然而臻于理，理得而心象生。澄怀观象，悟对通神，则情发而意生焉。以情意而运笔墨，图画卉葩，品类草木，写载其状，托之丹青，取得其境，是为画之妙谛也。相信剑波早就知此理早悟此道矣。

"志于道，据于德。依于仁，游于艺。"这是古人从艺的追求，剑波常以此为标准要求自己。体味和感悟人生后的生命意义是为了再现生命的永恒，剑波以一种冷观俯察的视角体察万物沧桑变化，在过去与未来间坚守艺术之道，是值得称道的，也是我对其艺术充满期待的理由之一。

王来文
二〇一七年中秋完稿于厦门

序

初识剑波，缘于一次偶然的机会。一友人认真地介绍道：这位是我们漳浦县画院的院长郭剑波。其时人多且杂，过后也没太深印象。再次谋面，是在办公室谈出版他画集的事。这次长谈，印象很深，剑波一改相识时的少言寡语，尤其是谈及故乡的文化及其保护与光大，谈及自己的作品及其创作与体会，语调抑扬顿挫，神色喜怒哀乐。但凡有个性且潜心于艺术创作者，大多如此。后一来二往，了解更深，也印证了这一点。

20世纪80年代末，剑波从厦门工艺美术学校出道，艺术道路并不平坦。其间，从进国企，办公司，到创画院，后深造于中央美院和国家画院，日益精进。以2009年获得中国美协主办的全国展优秀奖（最高奖）为发端，此后一发不可收拾，佳作不断，并见诸报端无数。剑波的作品，往往集扎实的基本功底、综合的文学修养和凸显的思想性于一体。我想，作品与人品的一致性，概在于此。剑波佳作不断涌现，社会活动亦从未停止。他先后策划成立中南堂书画院、漳浦县黄道周书画院、四通美术馆、漳浦县美术协会、漳州闽南工笔画院、霞美书画院，并负责筹建漳浦画院。同时，先后二十多次组织策划省、市、县美术活动，出版作品集二十余册。如今，剑波集漳浦画院院长、漳浦县美协主席、漳州市美协副主席于一身，又任漳浦县书画创作交流中心负责人，但

仍然笔耕不止，常有佳作发表，这种精神实为可贵。

我的故乡漳浦，史有"金漳浦"之美誉，历来人文荟萃，文风鼎盛，源远流长。"一代完人"黄道周，"蓝氏三杰"蓝理、蓝廷珍、蓝鼎元，"两帝师"蔡世远、蔡新等历代先贤皆出于此。今又有"中国剪纸之乡""中国书法之乡"两朵并蒂艺术奇葩盛开。此季，应是家乡凤凰花开，窗外夏虫呢哝之时。故土之情难却，衷心祝愿故乡漳浦有更多的剑波们出现，有更多的佳作问世！

是为序。

蔡纪万
二〇一八，荷月，于沪上

　　郭剑波，1972年9月生，福建省漳浦县霞美镇塔岭村南辽社人。笔名南辽人，斋号中南堂。中国美术家协会会员，福建省美术家协会理事，漳州市美术家协会副主席，漳浦画院院长，漳浦县美术协会主席，漳浦黄道周书画院副院长兼秘书长。

中 南 堂

漳 浦 荔 枝 林 紫 荆 庭

目　录

初心

我出生于偏远农村的农民家庭，自幼喜欢涂鸦、临摹。父母勤俭持家，东凑西借供我们兄妹五人上学识字。家兄风里来雨里去做点小生意支持我学画。舅父对我疼爱有加，经常给予鼓励。外婆更是寄予我厚望。

　　父亲在乡里乡邻中是位有担当、有威望的长者，从小教育我们要为人厚道，不干坏事，要守本分，懂羞耻；要思想健康，懂规矩；要对人尊重，不骄傲；做事要靠自己，不依赖；要活到老学到老。

2017 年 3 月记于漳浦绥安

其身与竹化　无穷出清新

——略谈郭剑波的绘画精神

　　1972年，郭剑波出生于闽南一个山清水秀的地方——福建漳浦。这里是远近闻名的花果之乡，也有着深厚的书画传统。从小，郭剑波就时常陶醉在这迷人的自然风光中，再加上浓郁的文化艺术氛围的熏陶，他就这样被冥冥之中的神奇力量所牵引，一步步向着梦中的艺术殿堂前进……福建独特的自然和人文环境更给他的花鸟画研究与探索提供着源源不断的养料。如今的他，已是一位颇具才华的年轻画家。

　　解读郭剑波的绘画精神，当从收藏的视角介入。郭剑波是一位很有收藏意识的画家，他在厦门工艺美校读书期间，便懂得收藏那些画得很好但是名气不太大的画家作品，这充分体现了剑波不盲从大流，不唯地位名气论画之价值的收藏眼光。这二十余年的收藏历程，给剑波带来了充足的艺术养分，也让他的绘画眼界高出其他职业画家一筹。作品要留得住，这是剑波收藏的心得，也是其绘画追求的目标。基于此，他在绘画的构图和内容方面，始终强调绘画要来自自然，来自活生生的、身边的自然景色，拒绝不切实际的空想，所以他的绘画绝少抄袭，都是在写生的基础上完成。一有机会他就注意观察，因此作品总能很好地抓住客观物体的特点，所谓得其"理"，所以剑波的绘画总是充满活跃感却又理法严谨。从另一个角度说，这折射出剑波与众不同的绘画观念，既继承了中国传统绘画的表现方法，同时又强调绘画的自我性，不苟同，不抄袭，不千篇一律，通过对生活现象的深入观察，加以融会提炼，画出自己的面目，形成属于自己的特有艺术风貌。从中国画的文脉传承来说，文脉的传承是需要这样的自我性的，而自我性也只能是在一个个画家的身上体现出来。

毕业后，剑波从事了多年的设计工作。这样的经历使得他的作品表现出很强的形式感和视觉冲击力。看他的作品，总能体会到他对画面的完整性和视觉效果的营造是别具匠心的。一说到设计，往往意味着一种主题先行的创作方式。最后的作品一定要将主题准确的表达出来，否则，一定会是件糟糕的作品。然而，艺术却不是可以准确预测的，这体现出中国画所强调的笔意关系的绘画原则，是意在笔先，笔随意动的创作历程。剑波对此深有感触，从心中的意象到笔下的作品，需要一个很长的转化过程。如果为了那个设定的最终效果，忽视了原本应该自然而然、率性而为的过程，那么，这样的刻意追求只能成为沉重的负担和束缚。因此，他在创作的过程中，不会拘泥于任何的陈规与窠臼，不把自己捆在既定的框架里，跟随着内心深处的声音，随时都可能有新的发现，新的感悟，也往往会产生意想不到的效果。所以，他的作品绝不是将规划、设想好的形象通过视觉的方式简单传达出来而已，只有理解了这一点，才能明白，为什么他的作品有设计味，却一点都不显得生硬和刻意，相反有着自然流露一般的润。

剑波作品这种把形式美感与润能够完美地结合在一起的缘由，正是得益于他多年以来练就的深厚书法功力。中国的书法是以抽象的视觉符号排列组合来构成美感的一门艺术，而书法与绘画在章法上是内在相通的，因此，书法除了是剑波作品画面中的一个重要的组成部分之外，也给他的绘画创作以很多的启示和借鉴。长期浸润在书法点线、黑白、疏密等诸多形式美的世界中，使得剑波对于画面的节奏、张力、构图等形式塑造产生了仿佛是与生俱来的直觉。剑波作品的墨法运用尤为灵动，中国画强调墨法由笔法出，究其缘由，这是剑波在书画方面眼界高，下功夫多的必然结果。他的书法取法明清书风，强调笔墨的简劲老辣和自由挥洒，强调才情与动感的结合，在大开大合和枯湿肥瘦的结体和章法中，营造出画面极强的灵动之感。

剑波对中国画有着很深的理解，对中国传统文化尤为钟情。中国的花鸟画在长期的发展中，受到中国古典哲学观的影响，形成了在观察客观形象的基础上，以寓兴、写意为手法的创作传统，成为缘物寄情的载体。这里面包含两层内涵，一方面，重视其写形之"真"，剑波的画就有着明显的现实依据。更重要的一点是，花鸟画不仅仅是为了描绘花鸟，其立意往往关乎人情，紧紧围绕人们现实生活的感悟、思想、情感，给以寓意性的表现，强调花鸟画"夺造化而移精神遐想"，这与西方古典绘画从诞生起就注重写实形成了很大的反差。可以说，抒发胸臆一直是中国花鸟画区别于西方静物画的最为重要的特点。如今的社会与中国古典社会相比有着天壤之别，人们对待世界、人生的看法也发生了巨大的变化。在这种语境突变的客观环境下，剑波的艺术作品延续着中国古典花鸟画借物抒情的传统的同时，也在努力寻求着突破，他要表达的是现代人的情绪和感触。

每每看剑波的作品，笔者明显感受到西方现代主义绘画思潮对他的影响，特别是表现主义和超现实主义的绘画作品。他的画有梦境的感觉，更有对生命本体意义的追问。交错缠绕的竹根、阴郁笼罩的氛围，看似中国传统绘画笔法和题材，表现出的却是具有现代感的意境和情怀。西方的表现主义着重表现艺术家内心的情感，而忽视对客观物象的摹写，因此往往夸张变形、扭曲现实，以突出或伤感、或恐惧的情绪。而剑波作品中的每个物象都极其"现实"，却也能营造出梦一般的超现实氛围。他抒发着不同于中国古典传统的极富现代意味的关于宇宙、生命的感触，但这种表达又不是蒙克式的呐喊，或是凡·高式的疯狂。归根结底，是传承了几千年的文化基因在起作用。在《破竹图》中，我们能感受到画面所传递出的无助和彷徨，仿佛能听到画面里传出的无声呐喊，他总是用极其隐晦的方式来抒发，完全不同于表现主义那种跃然纸上的惶恐和不安。在剑波的许多作品中，都能看到一大片一大片的红色或是黑色，不过，我们感受不到如西方现代绘画那般的张扬和触目惊心，作品依然有着中国古典绘画所追求的内敛、克制，甚至是宁静……品剑波的画需要耐心，它更像是一本深沉的书，要细细地读，静静地玩味，才能体会到其中的妙境。从哲学层面看，如果说，西方现代主义所展现的是面对现代社会，内心的恐怖和荒诞意味，那么，郭剑波的作品给人们的感受更多的则是中国式的"悲"：人类总是情不自禁地被闪耀着理想之光的尽善尽美所吸引，而渴望追求永恒，然而，在无垠的宇宙面前，人注定只能是具体时空下的有限存在。不可重复的短暂人生使中国式的悲触及到本根上，使追求而不得的幽怨带上了永恒性。所以在宋词中，婉约派正是以其凄凉的境界赢得了中国文学的瑰宝之称。画面中那些被伐的竹根、静静生长的新笋、枯黄散落的荷叶，无一不竖直的立于大地，将观众的视线伸向天际。水平线，是大地之线，意味着坚实的大地意识，消除了与大地的张力，最宁、最静、最稳。而垂直线则是指向天空的，是高扬，更是升腾，体现了对天空的渴望。不难发现，凡是以垂直线为主的建筑，都向往天空和恒久，如金字塔和哥特式建筑。

剑波的作品中，总感到"生年不满百，常怀千岁忧"的感伤，夜昼交替，春秋移换，没有开端，亦无结束之日。他安静地审视着这一切，面对天地宇宙、自然轮回，对生命意义的追问，对永恒的向往，在心头挥之不去，只得用画笔倾诉着永恒缠绕着人类心灵的悲……

向往无限，而不可能实现，有知难而退的人，有明知不能实现而又偏要追求的人，后者便造就了美学上的"悲"。剑波将对永恒的执着和热情全部倾注在艺术创作上。笔者要再次强调剑波的收藏历程，收藏是一种文化，更是一种精神。他总是从收藏的角度看待艺术，对待自己的作品更强调要留得住，经得起时间的考验。这也使得他能够保持一颗平静的心，不为暂时的名利所困，只追求永恒的艺术价值。在如今这个到处弥漫着浮躁之气的世界中，在这个金钱和欲望空前膨胀的年代，剑波作品中的"悲"显得更加弥足珍贵，也多了些许时代感。他经常表现的题材是竹石，作品中所描绘的自然之物，是与人一样的生命体，是与人相互关联、相互观照的生命对象。因此，他画竹石，实则是自己的写照，他用竹石来表达对永恒和无限的向往。多年来，他躬身践行着苏轼"身与竹化"的理想。也许，真的只有超越了世俗利害得失之心，超越了自己的生理存在，把全部注意力都集中于胸中的审美意象，下笔时才能"其身与竹化，无穷出清新"……

陈裕亮
2011 年 9 月于北京

款识：亚热带植物　一九八九年写生于闽厦门万石植物园内　剑波画

钤印：郭氏（白文）　剑波（朱文）

尺寸：75cm×50cm　纸本设色　水笔画

时间：1989 年 4 月　厦门万石植物园

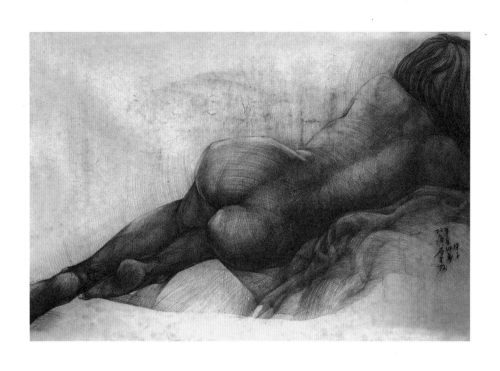

款识：祥子　羊年仲春于厦门省艺校人体素描写生

尺寸：60cm×90cm　写生人体素描

时间：1991年3月　厦门鼓浪屿

款识：蝶恋花　生活并不都是五彩缤纷的　普通人的生活虽平淡无奇
　　　　但只要有追求　平淡中也能透出致远　甲戌年仲冬写
　　　　　　　　　　　　　　　　　　铃印：郭剑波（朱文）
　　　　　　　　　　　　尺寸：50cm×50cm　纸本设色　中国画
　　　　　　　　　　　　　　　时间：1994 年 12 月　漳浦

虚怀

画画写写乃孩提时最爱，也是我这辈子学不完画不好的学业。庆幸，2007 年重拾画笔，幸遇洪惠镇老师，受之鼓励，努力参加国展，至 2013 年得到中国美术家协会认可，更好地服务美术组织工作。

重执笔，得到永贵兄的鼓励，他勉励我："从艺这条路，要甘于寂寞，时刻保持有乞丐的浪漫精神，你才能走下去。"是的，我会继续追求、探索、学习，直至最后……

2017 年 5 月记于漳浦绥安

中堂华韵

北京朝阳东坝

残竹戚戚　新笋翘翘

　　通常，花鸟画给人的印象都是满幅的锦花绣草、万紫千红，妍姿艳质、饱满华贵。总是一片美妙的滋荣繁盛、生机盎然。鉴赏起来赏心悦目，神清气爽。作画人在笔墨赋色层面的刻意经营，常常是兴味勃然。尽心竭力之后崭露出的一番全新境界，令花鸟画的品位又上层楼，就更能够获得读画人的会心称许。纵使是偶有所见的残荷败叶，也在表述生命兴衰的轮回不止。在感叹终端精华之雍容的同时，让人寄以冬去春来新姿容将现的殷殷期盼。

　　近日得见青年画家郭剑波以工笔之法画翠竹的新作十余幅。初时，轻淡烘染，墨韵曼妙，玉骨冰姿，清雅秀丽。但细作端详，立即发现大片竹丛原来已斩断破败，不得完身。苟存的尺余残躯似乎在哀切呻吟，戚戚之声令人悚然太息。画页徐徐翻过，面对这些身经斫伐的无辜残竹，不禁悲天悯人之情怀渐生，更有触目惊心之感喟渐生。一是惊骇。惊骇于人类的残暴贪婪，短见近视。只知今日狂逞一时之快，只图眼下滥得一时之利。置大自然若敝履，随意作践。完全不顾其后的恶果自吞，更不顾子孙后代万世安乐丰沛的栖居前景。二是惊喜。惊喜于70后青年作画人社会责任之沉重在身，探究奥旨之慧眼独具。时至今日，世界生态环境的破坏摧残或优化大好，已是当今地球村全体人类共同的生存命题，一个须臾不可怠慢而迫在眉睫的重大命题。远比那些总统频仍更迭、股市朝升夕跌、歌榭懵懂傻笑、画坛皇帝裸身，紧要得多。作花鸟画，而有此揭示人类龌龊之不惮心境，诚属难能可贵。应是花鸟画的一方新领域、一片新天地。但最为难得的是，残竹丛中还有三五新笋陪侍在侧。株株幼篁，翘翘然破土而出，欢欢然扶摇擢升。瘦俏妩媚的身姿直立向天，有如七八岁小女孩的笑声朗朗。新生命的涌现，令读画人破颜开怀，因而能够重建美好愿景于兴衰成败的交替中。

　　近年我国画坛，视"怎样画"重于"画什么"的主张，视表层形色表现重于里层情志传达的主张，浸漫了不小的面积。实力雄强的中坚层里也颇见声势凌厉的响应者，他们还会有起码十年的话语霸权。本来，在当今多元结构的绘画领域中，任何个体作画人的观念选择尽可悉听尊便。但偏执一端的低唱浅吟者若过分张扬，终究无助于钩深致远的中华文化之高举远蹈。中国画家，历来只把笔墨游戏当作雕虫小技，历来器重内里与宇宙大道通连的高远志趣之抒发。

　　值得庆幸的是 60 后、70 后的新生代作画人之作为，显示了深沉一些的艺术价值观。他们在锤炼表层技艺的寒窗之中，还一道缜密地体察着身边社会生活中的种种悲喜际遇和切身痛痒，并努力尝试在自己的画作里，传达出应际而生的感动和思考，企望引发读画人喜怒哀惊的共鸣和曲直是非的判断。这样的体察、尝试、传达、引发，持续做下去，做得久了，做的人多了，绘画之事的宏大格局必日趋豪壮。郭剑波，和志同道合的同代人伙伴，在长途行旅的跋涉中，倾其汗马供奉而直前不二，是读画人众的切切所盼。郭剑波画中那株株幼篁的扶摇擢升，正可理喻为新生代的不懈进取。

张世彦
2010 年 5 月于北京

款识：遮天蔽日　岁次甲午于石斋故里　南辽人　剑波

钤印：郭（朱文）　剑波之印（白文）　石斋故里（朱文）　梁山鹿水（朱文）

尺寸：240cm×185cm　纸本设色　中国画

时间：2014年9月　漳浦绥安

款识：清风劲节有佳音　南辽人

钤印：南辽人（朱文）　中南堂（朱文）

尺寸：137cm×60cm　纸本设色　中国画

时间：2015年11月　漳浦绥安

款识：空山新雨后　天气晚来秋　明月松间照　清泉石上流
岁次甲午冬月写于北京石斋故里　南辽人
钤印：南辽人（朱文）　中南堂（朱文）
尺寸：137cm×60cm　纸本设色　中国画
时间：2014年11月　北京东坝

款识：清风劲节　昨夜秋风渡潇湘　触石穿林惯作狂
　　　惟有竹枝浑不怕　挺然相斗一千场
　　　乙未仲秋于石斋故里　南辽人写
钤印：南辽人（白文）　石斋社（朱文）
尺寸：120cm×456cm　纸本设色　中国画
时间：2015 年 9 月　漳浦人大书画院

款识：凌霜劲节无人见　岁次乙未仲夏于道周故里荔枝林

钤印：郭氏（朱文）　剑波（白文）　家在塔岭南辽村（朱文）

尺寸：137cm×68cm　纸本设色　中国画

时间：2015 年 7 月　漳浦绥安

款识：烟络横林　山沉远照　迤逦黄昏钟鼓　烛映帘栊　蛩催机杼　共苦清秋风露
不眠思妇　齐应和　几声砧杵　惊动天涯倦宦　骎骎岁华行暮　当年酒狂自负
谓东君　以春相付　流浪征骖北道　客樯南浦　幽恨无人晤语
赖明月曾知旧游处　好伴云来　还将梦去
钤印：郭氏（白文）　剑波（朱文）　梁山鹿水（朱文）
尺寸：178cm×33cm　纸本设色　中国画
时间：2009 年 12 月　北京望京花家地

款识：落花已作风前舞　又送黄昏雨　晓来庭院半残红　惟有游丝　千丈胃晴空
殷勤花下同携手　更尽怀中酒　美人不用敛蛾眉　我亦多情　无奈酒阑时
岁次于乙丑年冬月制　中央美术学院贰零零九中国画创作班
闽　石斋故里中南堂主人南辽人　剑波
钤印：郭氏（白文）　剑波（朱文）　梁山鹿水（朱文）
尺寸：178cm×33cm　纸本设色　中国画
时间：2009 年 12 月　北京望京花家地

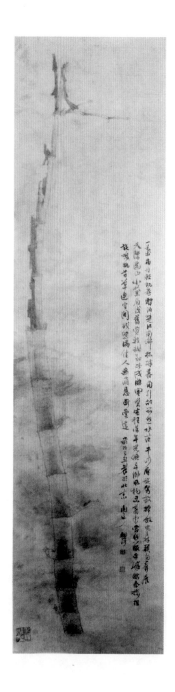

款识：一叶扁舟轻帆卷　暂泊楚江南岸　孤城暮角　引胡笳怨　水茫茫　平沙雁
旋惊散　烟敛寒林簇　画屏展　天际遥山小　黛眉浅　旧赏轻抛　到此成游宦
觉客程劳　年光晚　异乡风物　忍萧索　当愁眼　帝城赊　秦楼阻　旅魂乱
芳草连空阔　残照满　佳人无消息　断云远
岁次乙丑制于北京　南辽人　剑波
钤印：郭氏（白文）　剑波（朱文）　石斋故里（朱文）
尺寸：178cm×33cm　纸本设色　中国画
时间：2009 年 12 月　北京望京花家地

款识：小雨纤纤风细细　万家杨柳青烟里　恋树湿花飞不起　愁无比　和春付与西流水
九十光阴能有几　金龟解尽留无计　寄语东城沽酒市　拚一醉　而今乐事他年泪
岁次于乙丑年仲冬时制　中央美术学院　石斋故里南辽人　郭剑波
钤印：郭氏（朱文）　剑波（朱文）　石斋故里（朱文）
尺寸：178cm×33cm　纸本设色　中国画
时间：2009 年 12 月　北京望京花家地

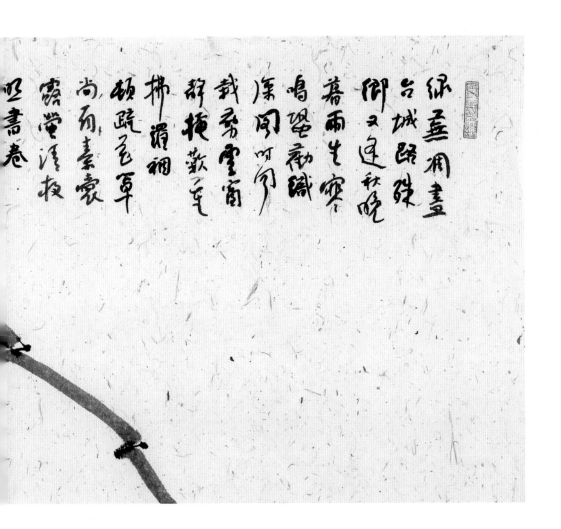

款识：绿芜凋尽台城路　殊乡又逢秋晚　暮雨生寒　鸣蛩劝织深阁时闻裁剪
云窗静掩　叹重拂罗茵　顿疏花簟　尚有素囊　露萤清夜照书卷
丁酉仲夏　漳浦画院剑波
钤印：郭（白文）　剑波（朱文）家在塔岭南辽村（朱文）
尺寸：80cm×35cm　纸本设色　中国画
时间：2017 年 7 月　漳浦画院

款识：坐听啼鸟催落叶　愁看谯鼓送晨星　道周诗句

岁次壬辰春月于石斋故里　中南堂　剑波

钤印：郭（白文）　剑波（朱文）　梁山鹿水（朱文）

尺寸：180cm×90cm　纸本设色　中国画

时间：2012 年 2 月　漳浦文化馆

款识：已讶衾枕冷　复见窗户明　深夜知雪重
时闻折竹声　二〇一四年夏月　南辽人
钤印：南辽人（朱文）　中南堂（朱文）
尺寸：137cm×60cm　纸本设色　中国画
时间：2014年5月　北京朝阳

款识：竹报平安　剑波写

钤印：郭（白文）　剑波（朱文）　石斋故里（朱文）

尺寸：136cm×68cm　纸本设色　中国画

时间：2012 年 4 月　漳浦绥安

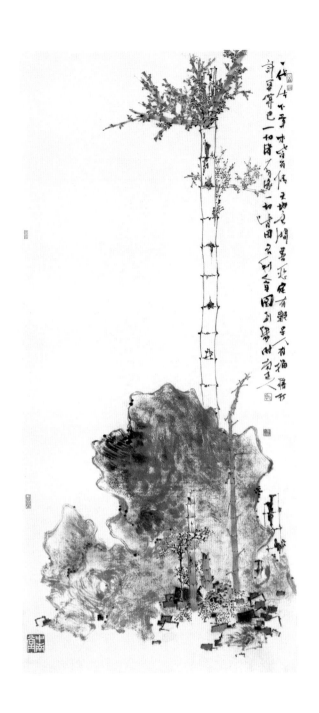

款识：一代片下　草木皆有情　天地之间　善恶定有报　呆人有福　精打计算算已
　　　一切皆有缘　一切皆因名利　贪图到几时　南辽人
钤印：郭（朱文）　剑波之印（白文）　石斋故里（朱文）　中南堂（白文）
尺寸：180cm×89cm　纸本设色　中国画
时间：2013 年 10 月　漳浦绥安

款识：丹青难写是精神　壬辰年初冬　石斋故里　南辽人

钤印：郭（朱文）　剑波之印（白文）　石斋故里（朱文）　中南堂（朱文）　梁山鹿水（朱文）

尺寸：240cm×120cm　纸本设色　中国画

时间：2012年5月　漳浦绥安

款识：悠悠我思　甲午春月于石斋故里　南辽人

钤印：剑波（白文）　中南堂（白文）　石斋故里（朱文）

尺寸：138cm×65cm　纸本设色　中国画

时间：2014 年 3 月　漳浦中南堂

款识：剑波制

钤印：剑波（白文）　郭氏（朱文）　梁山鹿水（朱文）

尺寸：54cm×230cm　纸本设色　中国画

时间：2010年12月　北京望京花家地

款识：崇德尚贤育为本　见贤思齐诚乃真
丙申初秋写赠漳浦第三中学六十周年志庆纪念
钤印：郭氏（朱文）　剑波（白文）　老少之事（朱文）
尺寸：137cm×68cm　纸本设色　中国画
时间：2016年9月　漳浦绥安

款识：为事先做人　人言作品美　吾觉人更优
　　　　留予画面是视觉的审视
　　　　留给画中的是品德　南辽人
钤印：南辽人（朱文）
尺寸：137cm×65cm　纸本设色　中国画
时间：2014 年 2 月　北京中堂华韵

款识：清风玉洁　乙未仲冬于石斋故里　南辽人
钤印：南辽人（白文）　老少之事（朱文）
尺寸：40cm×137cm　纸本设色　中国画
时间：2015 年 12 月　漳浦中南堂

款识：势如破竹　只道霜筠干已枯　谁知碧叶又扶疏　南辽人　剑波

钤印：郭（白文）　剑波（朱文）　梁山鹿水（朱文）

尺寸：180cm×90cm　纸本设色　中国画

时间：2010 年 10 月　漳浦文化馆

款识：晨雾中的贞洁　丙申春月于道周故里　南辽人作画
钤印：郭氏（朱文）　剑波（白文）　老少之事（朱文）
尺寸：137cm×68cm　纸本设色　中国画
时间：2016年2月　漳浦绥安

款识：空谷悠然　南辽人

钤印：南辽人（白文）　郭（朱文）

尺寸：137cm×68cm　纸本设色　中国画

时间：2016年3月　漳浦绥安

款识：只报平安　丙申春日于道周故里　南辽人作
钤印：南辽人（白文）　郭（朱文）　荔枝林（白文）
尺寸：137cm×68cm　纸本设色　中国画
时间：2016 年 3 月　漳浦绥安

款识：过去未来 当人们不惜一切满足奢华物质生活后

可曾想起最亲密朋友的处境 南辽人 剑波

钤印：郭剑波印（白文） 梁山鹿水（朱文） 旗鼓毓秀（朱文）

尺寸：170cm×92cm 纸本设色 中国画

时间：2009年4月 漳浦中南堂

款识：肆绪寻俯仰　旨酒娇华容　迢途有禽兽　遐迹留崔峰
　　　甲午冬月于北京　南辽人
钤印：南辽人（朱文）　中南堂（朱文）
尺寸：137cm×68cm　纸本设色　中国画
时间：2014年11月　北京朝阳东坝

款识：丹青难写是精神　为艺可贵于品德
岁次甲午初夏于北京　南辽人
钤印：中南堂　南辽人（朱文）
尺寸：134cm×65cm　纸本设色　中国画
时间：2014 年 5 月　北京中堂华韵

款识：节节高　竹生空野外　梢云耸百寻　无人赏高节
徒自抱贞心　丙申春日于道周故里　南辽人
钤印：南辽人（白文）　郭（朱文）　老少之事（朱文）
尺寸：137cm×68cm　纸本设色　中国画
时间：2016 年 3 月　漳浦绥安

款识：嶂谷风秋　剑波制
钤印：剑波（白文）　郭氏（朱文）　中南堂（白文）
尺寸：180cm×92cm　纸本设色　中国画
时间：2010 年 2 月　中央美术学院

款识：石情竹节　岁次癸巳夏月于石斋故里绥安记之　南辽人写
钤印：郭氏（白文）　剑波（朱文）　石斋故里（朱文）
尺寸：137cm×68cm　纸本设色　中国画
时间：2013 年 7 月　漳浦县文化馆

款识：东笋旭日　甲午夏日写于石斋故里　南辽人

钤印：南辽人（朱文）

尺寸：137cm×68cm　纸本设色　中国画

时间：2014 年 6 月　漳浦绥安

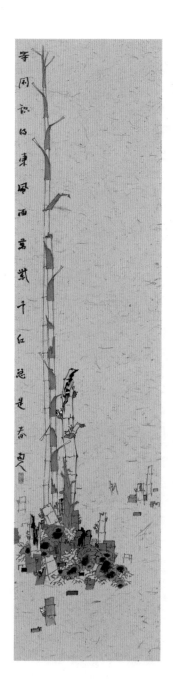

款识：等闲识得东风面　万紫千红总是春　南辽人

钤印：南辽人（朱文）

尺寸：137cm×34cm　纸本设色　中国画

时间：2014 年 10 月　北京中堂华韵

款识：春眠不觉晓　处处闻啼鸟　南辽人

钤印：南辽人（朱文）

尺寸：137cm×34cm　纸本设色　中国画

时间：2014 年 10 月　北京中堂华韵

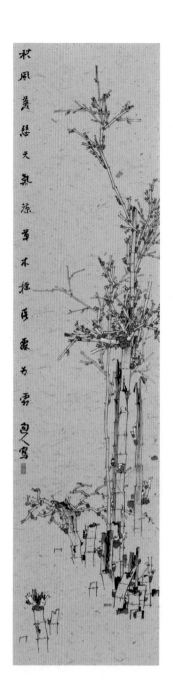

款识：秋风萧瑟天气凉　草木摇落露为霜　南辽人写

钤印：南辽人（朱文）

尺寸：137cm×34cm　纸本设色　中国画

时间：2014 年 10 月　北京中堂华韵

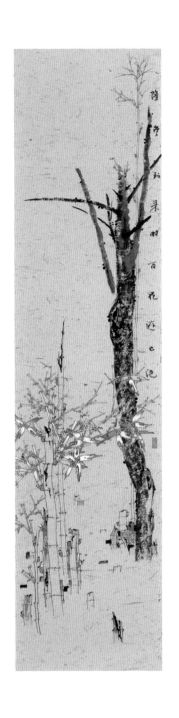

款识：隆冬到来时　百花迹已绝

钤印：南辽人（朱文）

尺寸：137cm×34cm　纸本设色　中国画

时间：2014 年 10 月　北京中堂华韵

款识：虚心有节　道周故里　南辽人
钤印：郭氏（白文）　剑波（朱文）
尺寸：137cm×37cm　纸本设色　中国画
时间：2016 年 5 月　漳浦中南堂

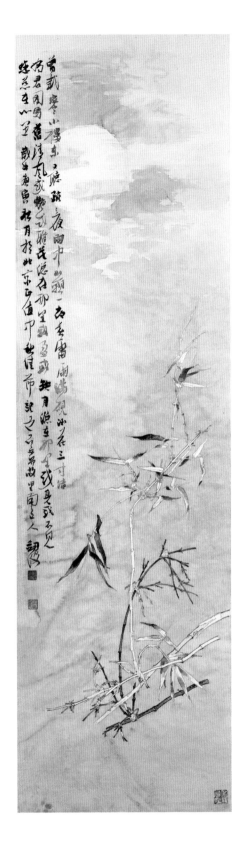

款识：曾栽密密小楼东　又听疏疏夜雨中
满砚冰花三寸结　为君图写旧清风
或艳或雅花总在那里　或盈或缺月总在
那里　或见或不见您总在心里
岁次庚寅秋月于北京正值中秋佳节记之
石斋故里　南辽人　剑波
钤印：郭（白文）　剑波（朱文）
梁山鹿水（朱文）
尺寸：230cm×57cm　纸本设色　中国画
时间：2010 年 9 月　中央美术学院

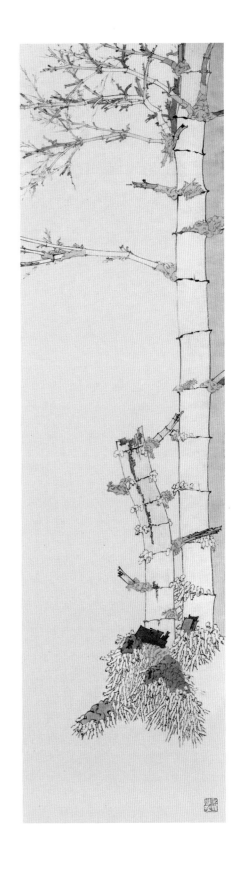

无题

钤印：梁山鹿水（朱文）

尺寸：137cm×35cm　纸本设色　中国画

时间：2010 年 11 月　北京环铁艺术城

款识：清风亮节传佳音

岁次丁酉　孟春于漳浦画院　剑波

钤印：郭氏（朱文）　剑波（白文）

尺寸：182cm×56cm　纸本设色　中国画

时间：2017 年 5 月　漳浦画院

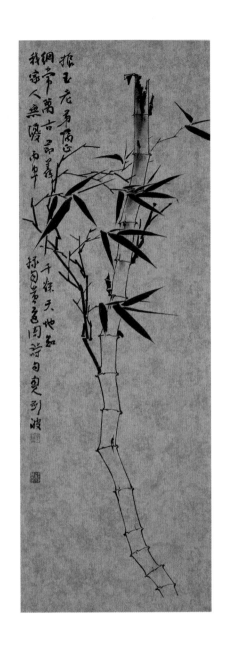

款识：振玉老弟嘱正　纲常万古　节义千秋　天地知我　家人无忧
丙申录自黄道周诗句　南辽人　剑波
钤印：南辽人（朱文）　后井巷（白文）
尺寸：120cm×45cm　纸本设色　中国画
时间：2016年10月　漳浦中南堂

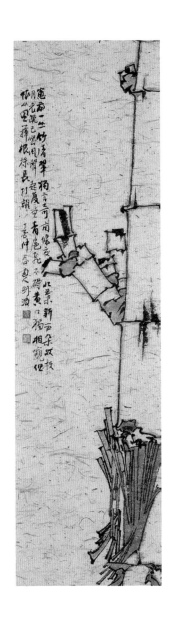

款识：窗前一丛竹　青翠独言奇　南条
交北叶　新笋杂故枝　月光疏已密
风声起复垂　青扈飞不碍　黄口独相窥
但恨从风箨　根株长相离　丁酉仲春
南辽人　剑波
钤印：郭（白文）　剑波（朱文）
尺寸：70cm×20cm　纸本设色　中国画
时间：2017年4月　漳浦中南堂

款识：观何物　察其手法　源于生活中　自然中　结其思想意识形态
独有之审视观点　用其个性的语言表达符合　写其意　融入其精神
让其在画面中自然流露出物体的美　让人养眼使人得以温
度升华　石斋故里紫荆庭荔枝林　南辽人　剑波写并记
钤印：郭（朱文）　南辽人（白文）　南柯一梦（朱文）
尺寸：240cm×80cm　纸本设色　中国画
时间：2017 年 3 月　漳浦中南堂

款识：清风徐来　丁酉夏月写　剑波
钤印：郭（白文）　剑波（朱文）　山头庵（朱文）
尺寸：49cm×180cm　纸本设色　中国画
时间：2017年8月　漳浦画院

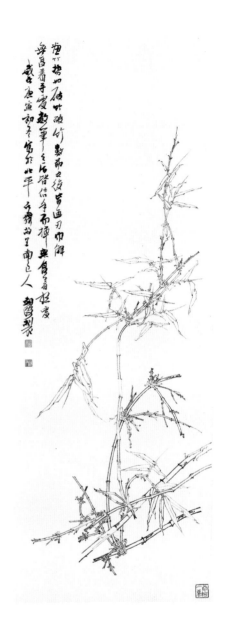

款识：画竹　势如破竹　破竹数节之后　皆迎刃而解　无复着手处
数笔之后皆信手而挥　无复着想处
岁次庚寅初冬写于北平　石斋故里南辽人　剑波
钤印：郭氏（朱文）　剑波（白文）　南柯一梦（朱文）
尺寸：137cm×45cm　纸本设色　中国画
时间：2010年11月　北京望京花家地

款识：甲午冬月风日丽　吾和跃武鳌头写　南辽人
钤印：郭氏（白文）　剑波（朱文）　中南堂（白文）
尺寸：68cm×26cm　纸本设色　中国画
时间：2014 年 12 月　漳浦六鳌古城

款识：松风竹节　南辽人

钤印：郭氏（白文）　剑波（朱文）　南柯一梦（朱文）

尺寸：75cm×35cm　纸本设色　中国画

时间：2016年10月　漳浦绥安

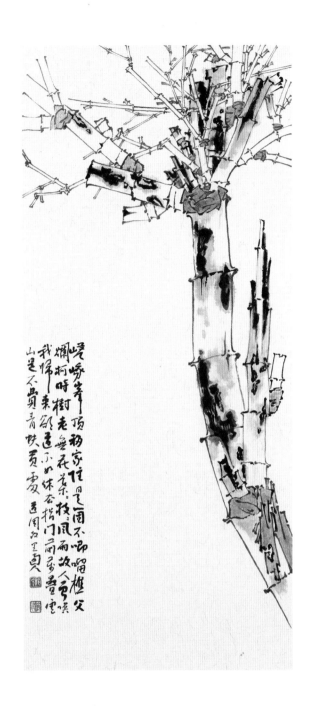

款识：嵯峨峰顶移家住　是个不唧溜樵父　烂柯时树老无花
叶叶枝枝风雨　故人唤我归来　却道不如休去
指门前万叠云山　是不费青蚨买处　道周故里　南辽人
钤印：郭氏（白文）　剑波（朱文）
尺寸：75cm×35cm　纸本设色　中国画
时间：2016 年 10 月　漳浦绥安

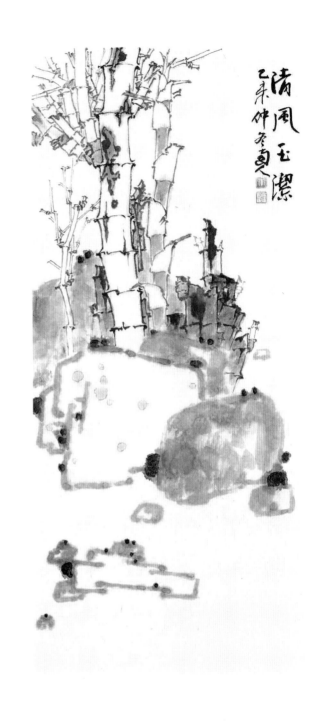

款识：清风玉洁　乙未仲冬　南辽人

钤印：郭氏（白文）　剑波（朱文）

尺寸：75cm×35cm　纸本设色　中国画

时间：2015年12月　漳浦绥安

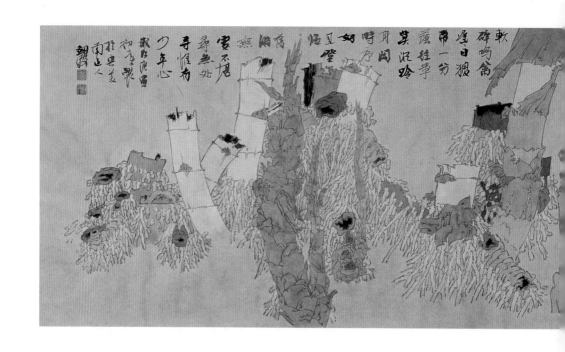

軟碎嗚禽
度日猶
帝一分
廣桂事
莫況吟
用閒
時方
好立
墨

嶠
湘
無
雲不塢
尋無處
守惟有
少年心
歲在庚寅
初冬
於吳美
南迅人
魏碧

款识：落花已作风前舞　又送黄昏雨　晓来庭院半残红　惟有游丝千丈袅晴空
石斋故里中南堂
柳暗花明春事深　小阑红芍药　已抽簪　雨余风软碎鸣禽　迟迟日
犹带一分阴　往事莫沉吟　身间时序好　且登临　旧游无处不堪寻
无寻处　惟有少年心
岁次庚寅初春制于央美　南辽人　剑波
钤印：南辽人（朱文）　郭氏（朱文）　剑波（白文）　梁山鹿水（朱文）
尺寸：58cm×230cm　纸本设色　中国画
时间：2010 年 2 月　中央美术学院

款识：南辽人　郭剑波画作
钤印：南辽人（白文）　郭（朱文）　剑波之印（白文）
尺寸：152cm×70cm　纸本设色　中国画
时间：2017年4月　漳浦中南堂

款识：尽日相亲惟有竹　长年可乐莫如书　丁酉仲春于道周故里　剑波
钤印：剑波之印（白文）　郭（朱文）　老家石斋故里（朱文）
尺寸：152cm×30cm×2　书法
时间：2017年3月　漳浦中南堂

款识：薪火相传　生活来以自然　幸福源于自然　一切应顺其自然

岁次于二〇一二年春月写石斋故里绥安中南堂　南辽人

钤印：郭（白文）　剑波（朱文）　梁山鹿水（朱文）

尺寸：180cm×90cm　纸本设色　中国画

时间：2012年3月　漳浦宾馆

款识：南辽人　剑波
钤印：郭剑波印（白文）　石斋故里（朱文）
尺寸：42cm×135cm　纸本设色　中国画
时间：2010 年 12 月　北京望京花家地

款识：大隐在城市　此君真友生　根行辰日斫　笋要上番
成龙化葛　陂去风吹　阿阁鸣草荒　岁晚见交情
南辽人　剑波
钤印：郭（白文）　剑波（朱文）
尺寸：65cm×40cm　纸本设色　中国画
时间：2017 年 5 月　漳浦中南堂

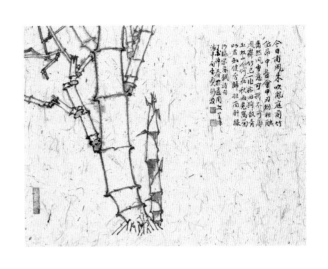

款识：今日南风来　吹乱庭前竹　低昂中音会　甲刃纷相触
　　　萧然风雪意　可折不可辱　风霁竹已回　猗猗散青玉
　　　故山今何在　秋雨荒篱菊　此君知健否　归扫南轩绿
　　　　　　　　　　　　　　　　　　　　　　抄录宋苏轼诗句
　　　　　　丁酉仲春于道周故里漳浦中南堂南辽人　剑波
钤印：郭（白文）　剑波（朱文）　家在塔岭南辽村（朱文）
　　　　　　　尺寸：40cm×45cm　纸本设色　中国画
　　　　　　　时间：2017年3月　漳浦中南堂

款识：自古逢秋悲寂寥　我言秋日胜春朝　甲午秋月

钤印：南辽人（朱文）

尺寸：40cm×30cm　纸本设色　中国画

时间：2014年10月　北京朝阳

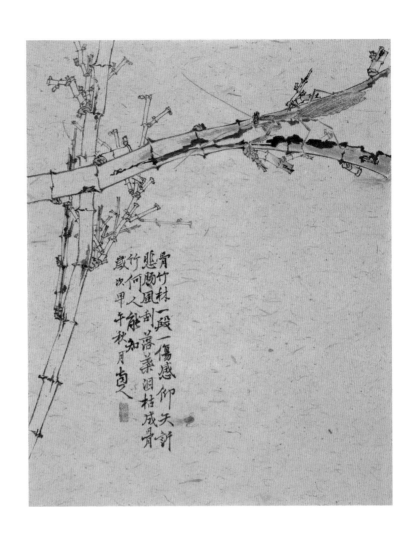

款识：骨竹林　一段一伤感　仰天诉悲肠　风刮落叶泪　枯成骨竹何人能知
岁次甲午秋月　南辽人
钤印：南辽人（朱文）
尺寸：65cm×52.4cm　纸本设色　中国画
时间：2014 年 11 月　北京中堂华韵

款识：纲常万古　节义千秋　天地知我　家人无忧
丁酉年春日　剑波
钤印：郭氏（朱文）　剑波（白文）
尺寸：60cm×40cm　纸本设色　中国画
时间：2017 年 2 月　漳浦中南堂

寒聲風滿壺
漳浦畫院　劍波

疏郭月移壁

款识：竹报平安　岁次丁酉仲春于漳浦画院　剑波画
钤印：剑波之印（白文）　郭（朱文）　敬事（白文）
尺寸：137cm×67cm　纸本设色　中国画
时间：2017年3月　漳浦画院

款识：疏影月移壁　寒声风满堂　漳浦画院　剑波
钤印：郭剑波印（白文）　永受嘉福（朱文）　老家石斋故里（朱文）
尺寸：137cm×30cm×2　书法
时间：2017年5月　漳浦画院

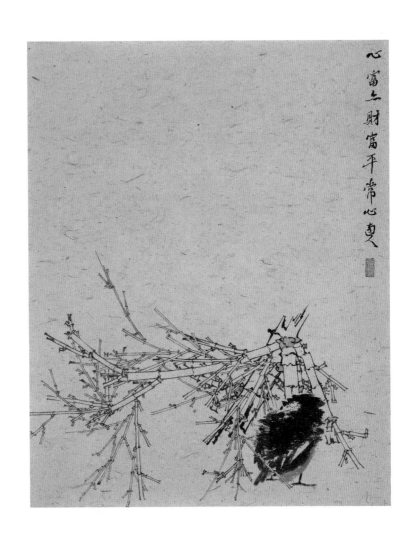

款识：心富亦财富　平常心　南辽人
钤印：南辽人（朱文）
尺寸：40cm×30cm　纸本设色　中国画
时间：2014年11月　北京东坝

款识：剑波

钤印：剑波（白文）

尺寸：50cm×55cm　纸本设色　中国画

时间：2010 年 12 月　北京望京花家地

款识：南辽人

钤印：南辽人（朱文）　石斋故里（朱文）

尺寸：65cm×65cm　纸本设色　中国画

时间：2014 年 2 月　北京中堂华韵

款识：玉楼风飐杏花衫　娇怯春寒赚　酒病十朝九朝嵌　瘦岩岩　愁浓难补眉儿淡

香消翠减　雨昏烟暗　芳草遍江南　石斋故里　南辽人

钤印：郭氏（朱文）　剑波（白文）　南柯一梦（朱文）

尺寸：68cm×68cm　纸本设色　中国画

时间：2016 年 8 月　漳浦绥安

款识：剑波

钤印：剑波（白文）　郭氏（朱文）

尺寸：54cm×59cm　纸本设色　中国画

时间：2010 年 12 月　北京望京花家地

款识：移舟泊烟渚　日暮客愁新　野旷天低树　江清月近人
　　　岁次甲午秋月于北平东坝　石斋故里　南辽人
钤印：石斋故里（朱文）　中南堂（朱文）　南辽人（朱文）
尺寸：40cm×30cm　纸本设色　中国画
时间：2014年10月　北京东坝

款识：清风亮节　丁酉年仲春　南辽人　剑波
钤印：郭氏（朱文）　剑波（白文）　敬事（白文）
尺寸：60cm×230cm　纸本设色　中国画
时间：2017年3月　漳浦画院

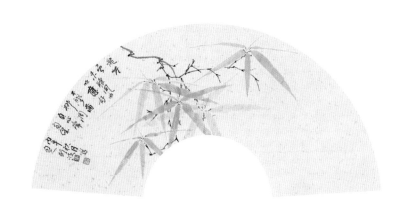

款识：龙吟曾未听　凤曲吹应好　不学蒲柳凋
　　　贞心常自保　丙申秋月写　南辽人剑波
钤印：郭氏（白文）　剑波（朱文）
尺寸：25cm×55cm　纸本设色　中国画
时间：2016 年 10 月　漳浦荔枝林

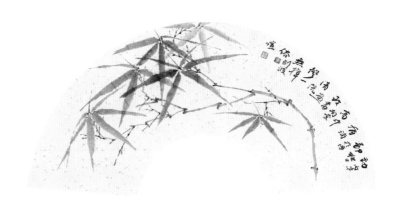

款识：劲节有高致　清声无俗喧
丙申秋日于漳浦中南堂书画院一挥　剑波
钤印：郭氏（白文）　剑波（朱文）
尺寸：25cm×55cm　纸本设色　中国画
时间：2016年10月　漳浦荔枝林

款识：虚心有节　丙申秋月于道周故里　南辽人　剑诐
钤印：郭氏（白文）　剑波（朱文）
尺寸：25cm×55cm　纸本设色　中国画
时间：2016年10月　漳浦荔枝林

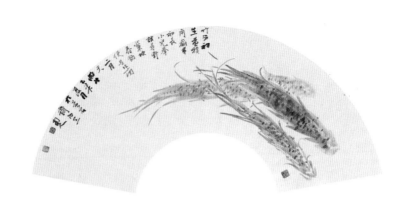

款识：竹笋初生黄犊角　蕨芽初长小儿拳
　　　试寻野菜炊春饭　便是江南二月天
　　　乙未夏月于黄石斋故里　南辽人
钤印：郭氏（白文）　剑波（朱文）　中南堂（白文）
尺寸：25cm×55cm　纸本设色　中国画
时间：2015 年 6 月　漳浦荔枝林

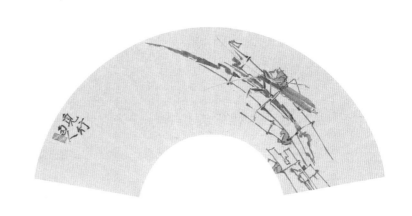

款识：觅行　南辽人
钤印：南辽人（朱文）
尺寸：25cm×55cm　纸本设色　中国画
时间：2014年11月　北京中堂华韵

款识：秋日胜春　南辽人

钤印：南辽人（朱文）

尺寸：25cm×55cm　纸本设色　中国画

时间：2014 年 11 月　北京中堂华韵

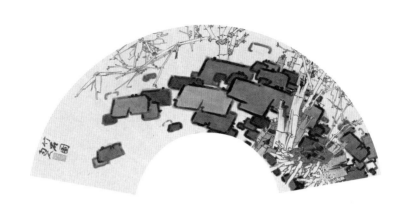

款识：竹石图　南辽人

钤印：南辽人（朱文）

尺寸：25cm×55cm　纸本设色　中国画

时间：2014 年 12 月　北京中堂华韵

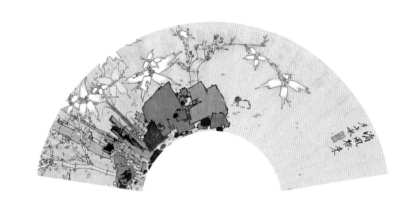

款识：清风徐来　甲午秋

钤印：南辽人（朱文）

尺寸：25cm×55cm　纸本设色　中国画

时间：2014年9月　北京国家农林基地

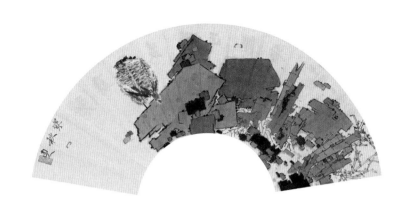

款识：寒秋　南辽人

钤印：南辽人（朱文）

尺寸：25cm×55cm　纸本设色　中国画

时间：2014 年 9 月　北京国家农林基地

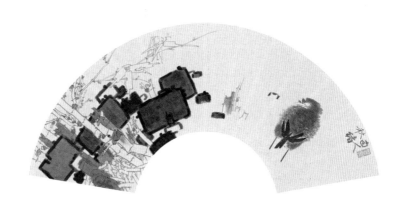

款识：秋绪　南辽人

钤印：南辽人（朱文）

尺寸：25cm×55cm　纸本设色　中国画

时间：2014 年 11 月　北京中堂华韵

163

款识：山抹微云　岁次庚寅春月制　剑波

钤印：郭氏（白文）　剑波（朱文）　石斋故里（朱文）

尺寸：25cm×55cm　纸本设色　中国画

时间：2010年11月　北京望京花家地

款识：归处　甲午秋剑波写

钤印：南辽人（朱文）

尺寸：25cm×55cm　纸本设色　中国画

时间：2014 年 9 月　北京国家农林基地

款识：耐得人间雪与霜　百花头上尔先香　清风自有神仙骨
　　　冷艳偏宜到玉堂　岁次庚寅年　剑波
钤印：郭氏（白文）　剑波（朱文）　石斋故里（朱文）
尺寸：25cm×55cm　纸本设色　中国画
时间：2010 年 11 月　北京望京花家地

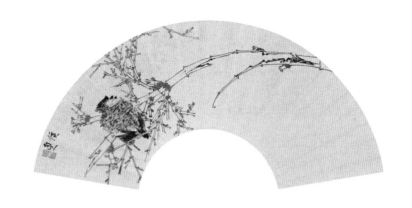

款识：候　南辽人

钤印：南辽人（朱文）

尺寸：25cm×55cm　纸本设色　中国画

时间：2014 年 9 月　北京国家农林基地

从小长在农村，迷恋这片土地，一草一木，受于大自然的恩赠，从中汲取养分，感于内心，用手中的画笔默默细诉……

2017 年 9 月记于漳浦绥安

恍惚迷离　亦真亦幻

对于一个艺术家来说，艺术就是人生，人生就是艺术，而且二者并无高下之别。至于其重要程度，则需视艺术家是"如何"创作的。"真诚的做人，真诚的对待艺术，潜心的研究绘画，是从物欲横流的当下社会中重新审视内心而选择的一种生活方式。相信只有真诚的对待创造出的绘画作品，才会经得起时间和历史的考验。"怀揣着对艺术真诚而执着的追求，在对大自然的一种关爱下所萌发出的创作源动力使其真切地感受生活、创造画境，在和自然的无声对话中让心灵得到安宁。同许多艺术家一样，剑波始终把艺术作为自己生命的重要组成部分。

和绝大多数成长于同时代的艺术家一样，在学艺之初，绘画是他梦想的开始，也是他生命的内在冲动与支撑。在看见了更是亲身经历了各种各样五色杂陈的世界之后，生存危机迫使其暂时放弃了深爱的艺术，无缘画笔十五个春夏秋冬。然而，艺术的潜质并没有消失，生命仅仅是用另一种方式阐释而已。剑波如此表白，"时隔十五个春秋重拾画笔时，才发现它依旧是我的最爱。惟有用手中真实几笔告慰平生，道诉点稚想，怀念点童真，感念些初衷，怀想点过去，感想些未来"。

剑波的画极富艺术个性，他注重写生。他擅长硬边线条和复杂色层而且极具设计意识，无论是活在古老传说与现代诗歌中的绿竹，还是梦幻般的紫红色梅花和金风凛冽横刀竖叠的荷叶，都充溢着画家独特的艺术语言，那是一条独辟蹊径的艺术元素与精神气质融合后奔涌的河流。剑波擅长用线，色彩洪流在其坚固有力而雅致有韵的线条中演化出秩序，从而使我们得以发现颜色与线之间如此神妙的感人魅力与中国画"天人合一"的哲思，画家的文人气质在此得到了充分的体现。

画画时兴奋状态下的他，"就像孩提时因打牌而赢得个好心情而兴奋未眠，就像儿时在空阔的沙埔上放牛时手握树枝无拘无束的幸福"。这是一种原生态的生命写真与创作激情的迸发，也惟有此才能诞生具有震撼力的作品。那飘着的赭灰色云霭、泛着朦胧辉光的残竹、玫瑰红般宝石色的夜空以及色相错杂的斑斓的远山，这一系列的凄美景象在他的脑海里飞舞、旋转、叹息、徘徊、低吟，所有的这一切，似乎都被围成一个艺术化了的封闭空间，诞生了"过去未来"系列。

竹子是中国绘画重要的传统题材，为历代文人士大夫赋予众多的寓意，影响着一代又一代艺术家的精神世界与创作笔法。不过，今天既非古典时代抑或写实时代，也非象征时代，以此种种主义来套剑波的创作，总有点方枘圆凿之感。况且，在他强烈的个性语言面前，这组"竹"系列散发出苍凉悲壮之美，个人的梦幻如此绚烂璀璨、摄人魂魄，古典的象征意义被迫隐匿。"存在之到达持续着，并且在其中等待着人。把这样一种存在之到达时时带向语言，这乃是思想的唯一实事。"这种判断可由其"过去未来"系列得到证明。

本来，群竹身后的背景应该是外景，但是画家却易之以内景，由此造成了一个恍惚迷离、亦真亦幻的绘画空间。然而，作品本身的展开状态与天空远山的默契则把画面推向一个更为辽阔和令人浮想联翩的开放的空间。杂而不乱，理性和激情的内在和谐与统一凸显于他的画面。这个显现的过程充满了奇妙的欣赏韵味，意念会在兴奋与沮丧、自信与自卑之间相互交织，思想亦在必然和偶然、理智和直觉之间相互叠加的情景中得以体现与碰撞，交汇成一曲洞察心灵的唯美的伤痕变奏曲。

观此册，一个具有独特审美视觉的艺术家他的心灵之声在此时无言地打开……

赵宁

2010 年 5 月写于北京

款识：剑波速写

尺寸：35cm×25cm　纸本水笔写生原稿

时间：2008 年 3 月　漳浦东罗岩

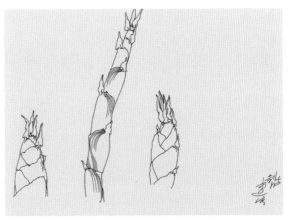

款识：剑波速写

尺寸：25cm×35cm×3　纸本水笔写生原稿

时间：2008 年 3 月　漳浦东罗岩

款识：剑波速写

尺寸：25cm×35cm 纸本水笔写生原稿

时间：2008年3月 漳浦清泉岩

无题

尺寸：35cm×25cm　纸本水笔写生原稿

时间：2008 年 3 月　漳浦合成氨厂

无题

尺寸 :35cm×25cm 纸本水笔写生原稿

时间 :2008 年 11 月 漳浦大南坂新民村

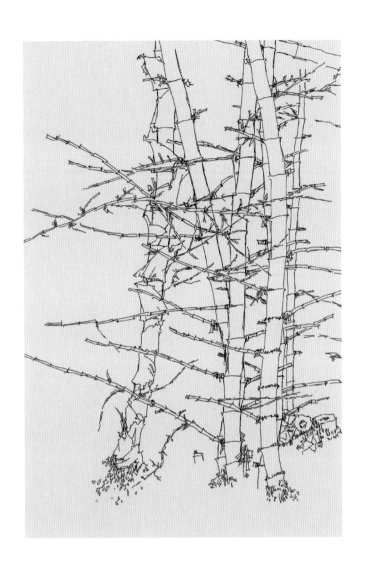

无题

尺寸 :35cm×25cm　纸本水笔写生原稿

时间 :2008 年 11 月　漳浦大南坂新民村

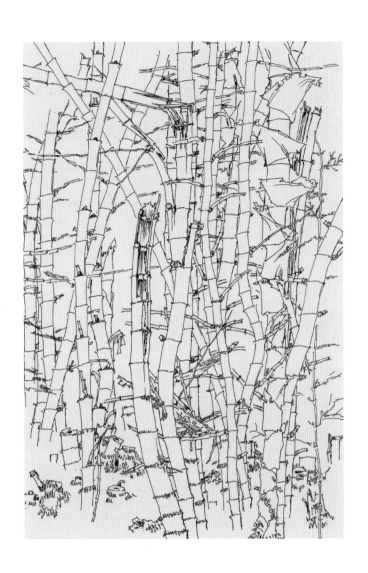

无题

尺寸：35cm×25cm 纸本水笔写生原稿

时间：2008 年 11 月 漳浦大南坂新民村

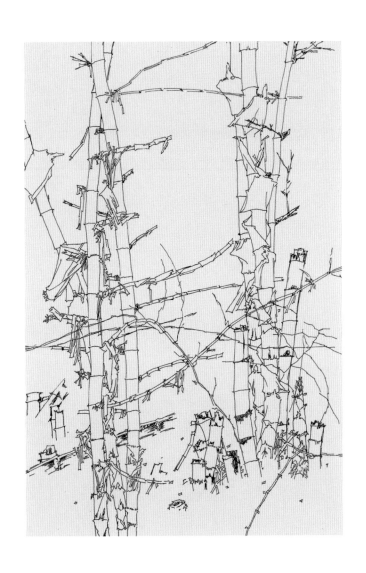

无题

尺寸 :35cm×25cm　纸本水笔写生原稿

时间 :2008 年 11 月　漳浦大南坂新民村

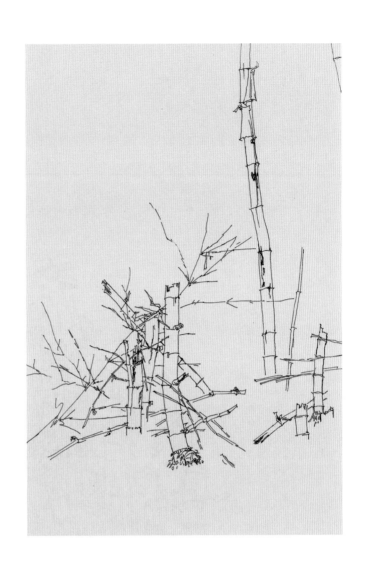

无题

尺寸：35cm×25cm　纸本水笔写生原稿

时间：2008 年 11 月　漳浦大南坂新民村

款识：剑波写之

尺寸：25cm×35cm　纸本水笔写生原稿

时间：2008 年 12 月　漳浦石榴崎溪

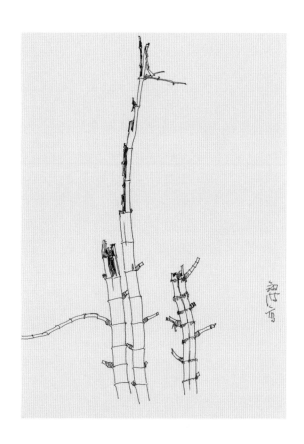

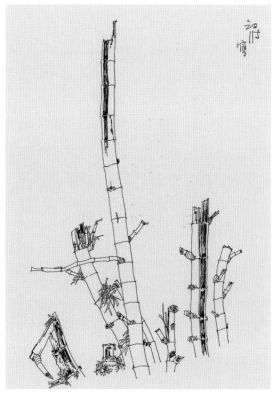

款识：剑波写

尺寸：35cm×25cm×2

纸本水笔写生原稿

时间：2008 年 12 月　漳浦东罗岩

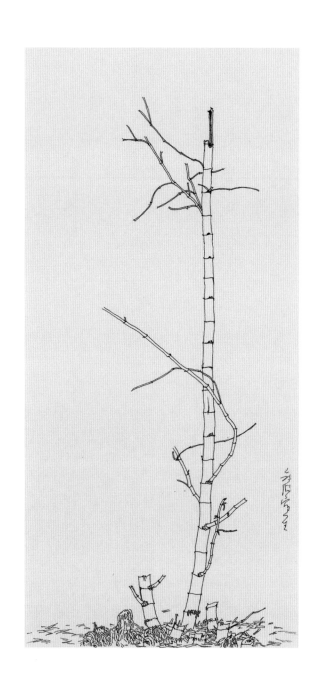

款识：剑波写生

尺寸 :52cm×25cm　纸本水笔写生原稿

时间 :2008 年 12 月　漳浦石榴象牙

款识：残竹稚篁

岁次庚寅夏月写于蔡新故里　南辽人

尺寸：25cm×35cm　纸本水笔写生原稿

时间：2010 年 6 月　漳浦大南坂蔡新故居

款识：伤害之心不可有　关爱之心不可无
岁在庚寅夏月写于蔡新故里　南辽人
尺寸：35cm×25cm　纸本水笔写生原稿
时间：2010 年 6 月　漳浦大南坂蔡新故居

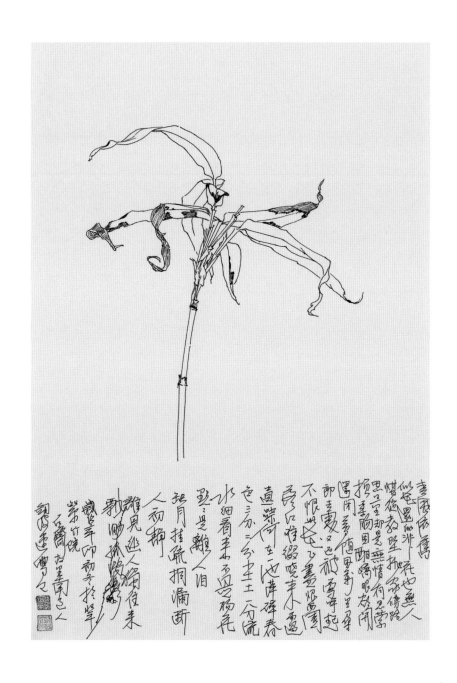

款识：春风依旧　似花还似非花　也无人惜从教坠　抛家傍路　思量却是　无情有思　萦损柔肠　困酣娇眼　欲开还闭　梦随风万里　寻郎去处　又还被　莺呼起　不恨此花飞尽　恨西园落红难缀　晓来雨过　遗踪何在　一池萍碎　春色三分　二分尘土　一分流水　细看来不是杨花　点点是离人泪　缺月挂疏桐　漏断人初静　时见幽人独往来　飘渺孤鸿影　岁次辛卯初冬于北平紫竹院　石斋故里南辽人　剑波速写之

钤印：郭（白文）　剑波（朱文）

尺寸：35cm×25cm　纸本水笔写生原稿

时间：2011 年 12 月　北京紫竹院公园

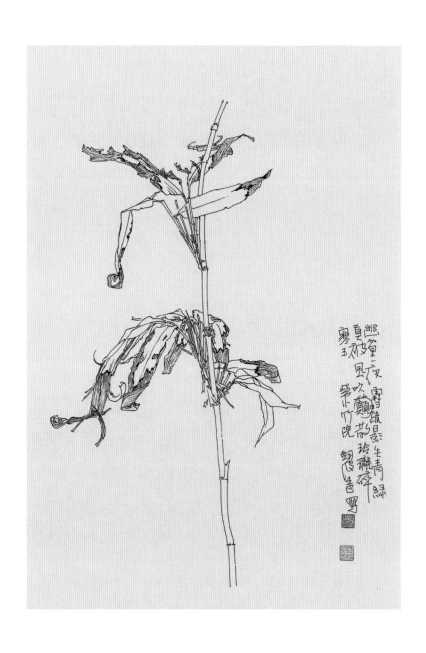

款识：幽篁一夜雪　疏影失青绿　莫被风吹散　玲珑碎寒玉
　　　紫竹院　剑波速写
钤印：郭（白文）　剑波（朱文）
尺寸：35cm×25cm　纸本水笔写生原稿
时间：2011年12月　北京紫竹院公园

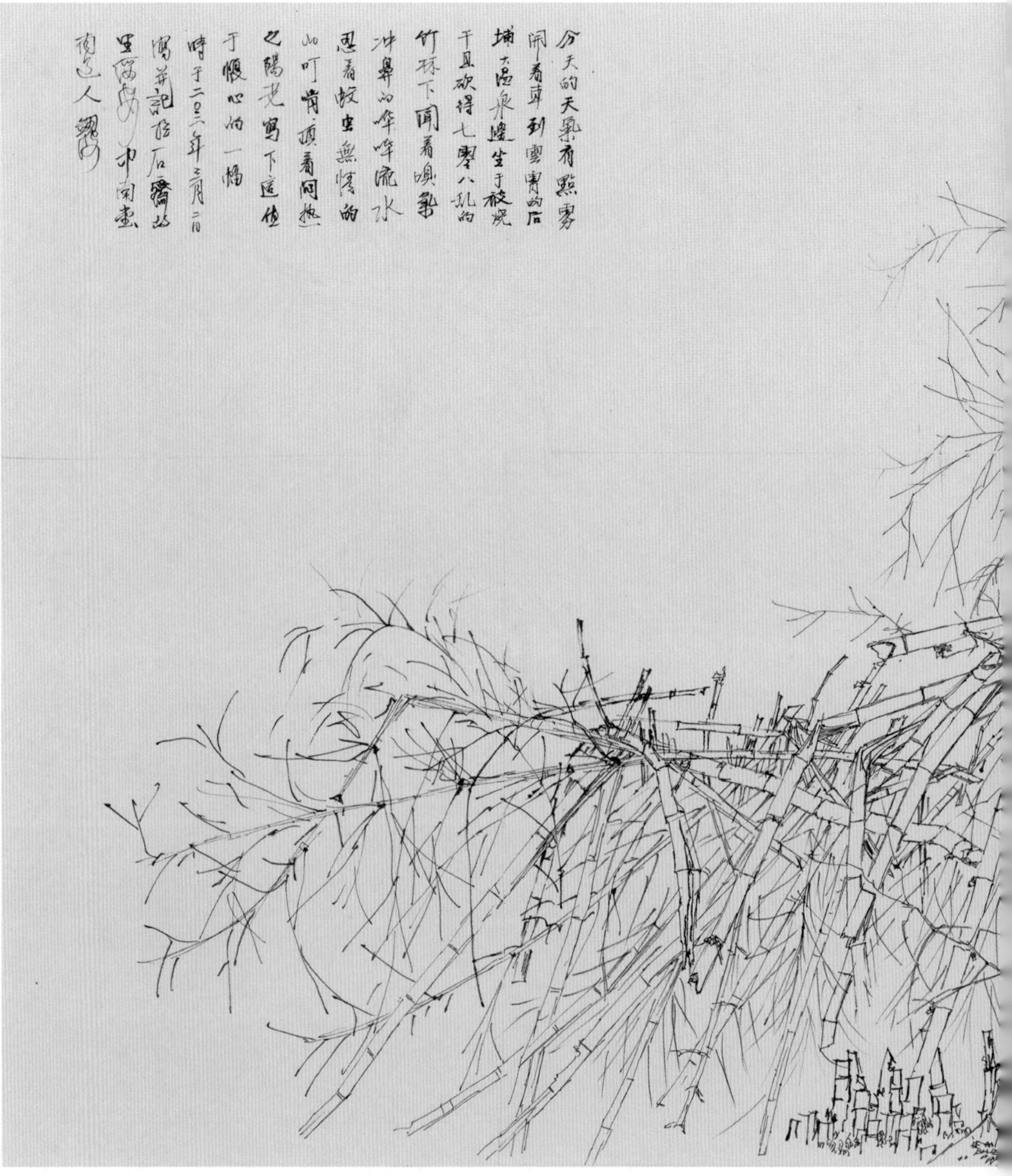
今天的天氣有點雾
開着車到雲霄的石
埔大溫泉邊坐于被燒
于且砍得七零八乱的
竹林下聞着嗅氣
冲鼻的哗哗流水
思着蚊虫無情的
叫叮背頂着同熱
之陽光寫下這位
于懷心的一幅
時于二〇二一年三月二日
寫并記於石齋此
生留此中南畫
複道人

款识：今天的天气有点雾　开着车到云霄的后埔大温泉边　坐
于被烧干且砍的七零八乱的竹林下　闻着嗅气冲鼻的哗
哗流水　忍着蚊虫无情的叮啃　顶着闷热之阳光　写下
这值于忧心的一幅　时于二〇一二年三月二日写并记
于石斋故里绥安中南堂　南辽人　剑波

尺寸：60cm×120cm　纸本设色　水笔中国画

时间：2012年3月2日　云霄后埔

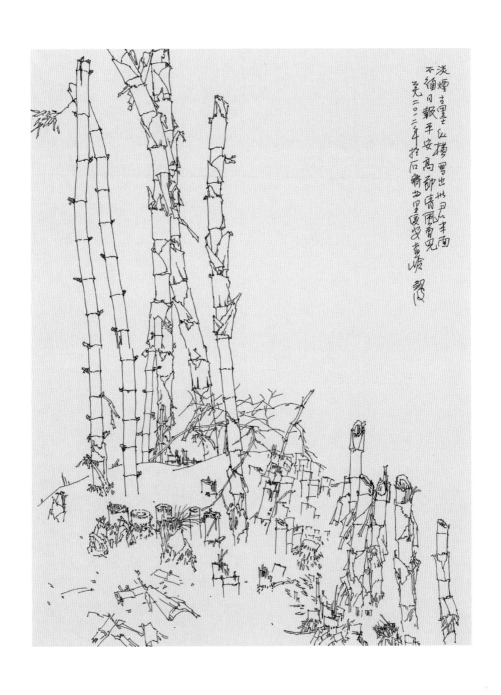

款识：淡烟古墨纵横　写出此君半面　不须日报平安　高节清风曾见
公元二〇一二年于石斋故里绥安查岭　剑波
尺寸：35cm×25cm　纸本水笔写生原稿
时间：2012 年 11 月　漳浦绥安查岭

款识：公元二〇一二年写于石斋故里绥安查岭小溪边的竹林　剑波

尺寸：35cm×25cm　纸本水笔写生原稿

时间：2012年11月　漳浦绥安查岭

款识：明年再有新生者　十丈龙孙绕凤池
公元二〇一二年于绥安查岭　剑波
尺寸：35cm×25cm　纸本水笔写生原稿
时间：2012年11月　漳浦绥安查岭

款识：竹石相交万万年 两家节介本天然 请看十月清霜后 一种苍苍笼碧烟
岁次辛卯初冬石斋故里绥安 南辽人 剑波写
钤印：郭（白文） 剑波（朱文）
尺寸：35cm×25cm 纸本水笔写生原稿
时间：2012年12月 漳浦祖妈林水库

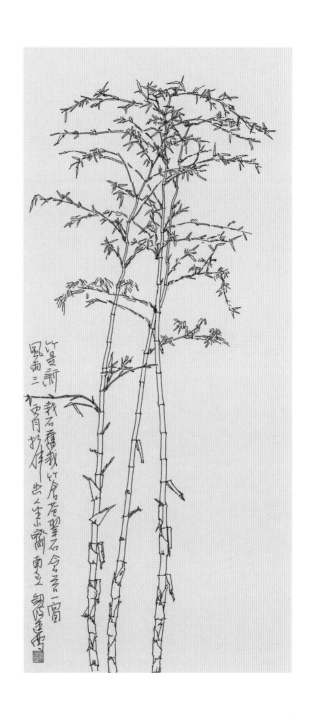

款识：竹是新栽石旧栽　竹含苍翠石含苔
一窗风雨三更月　相伴幽人坐小斋
南辽人剑波速写
钤印：剑波（朱文）
尺寸：56cm×25cm　纸本水笔写生原稿
时间：2012年12月　漳浦黄道周纪念馆

款识：前赴后继　辛卯夏月于石斋故里　剑波

钤印：剑波（朱文）

尺寸：25cm×35cm　纸本水笔写生原稿

时间：2012年12月　漳浦绥安查岭

款识：峭壁垂兰万箭多　山根碧蕊亦婀娜
天公雨露无私意　分别高低世为何
南辽人　剑波速写
钤印：郭（白文）　剑波（朱文）
尺寸：35cm×25cm　纸本水笔写生原稿
时间：2012年12月　漳浦绥安查岭

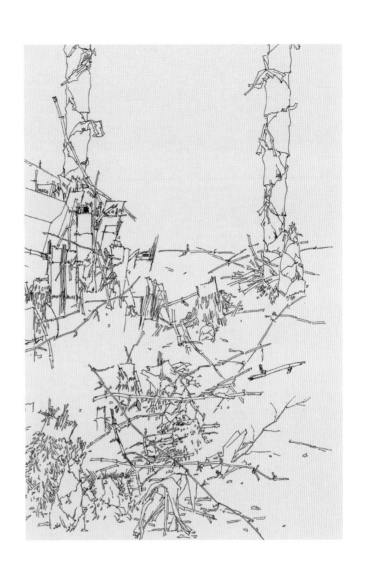

无题

尺寸 :35cm×25cm　纸本水笔写生原稿

时间 :2012 年 11 月　漳浦绥安查岭

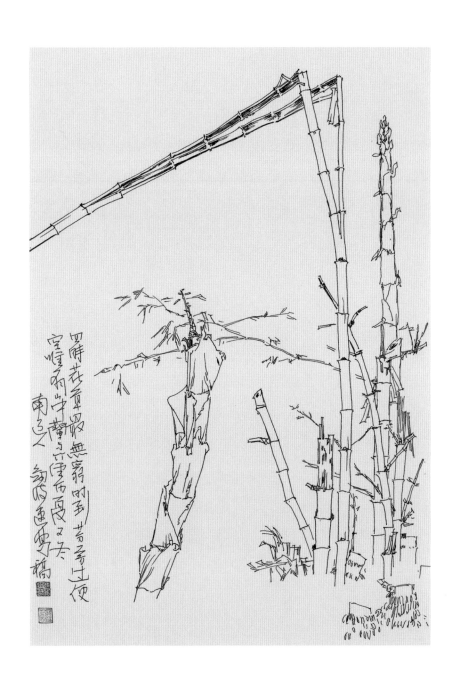

款识：四时花草最无穷　时到芬芳过便空
　　　唯有山中兰与竹　经历夏又冬
　　　南辽人　剑波速写稿
铃印：郭（白文）　剑波（朱文）
尺寸：35cm×25cm　纸本水笔写生原稿
时间：2012 年 12 月　漳浦绥安查岭

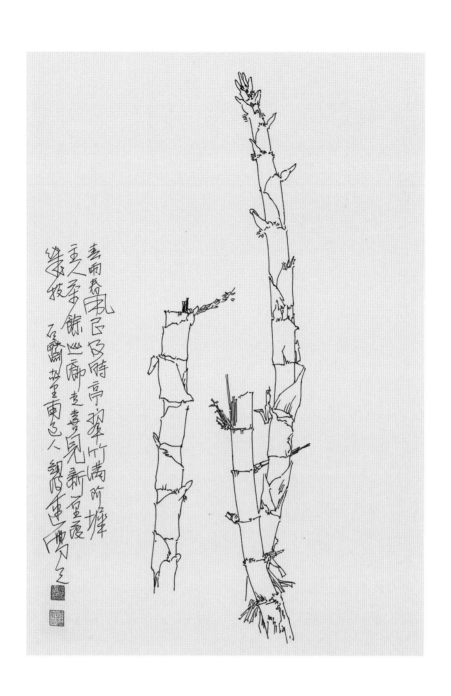

款识：春雨春风正及时　亭亭翠竹满阶墀
主人茶余巡廊走　喜见新篁发几枝
石斋故里南辽人剑波速写之
钤印：郭（白文）　剑波（朱文）
尺寸：35cm×25cm　纸本水笔写生原稿
时间：2012年12月　漳浦绥安查岭

款识：竹劲兰芳性自然　南山石块更遒坚
祝君花甲应无算　加倍先过百廿年
南辽人　剑波速写
钤印：郭（白文）　剑波（朱文）
尺寸：35cm×25cm　纸本水笔写生原稿
时间：2012 年 12 月　漳浦绥安查岭

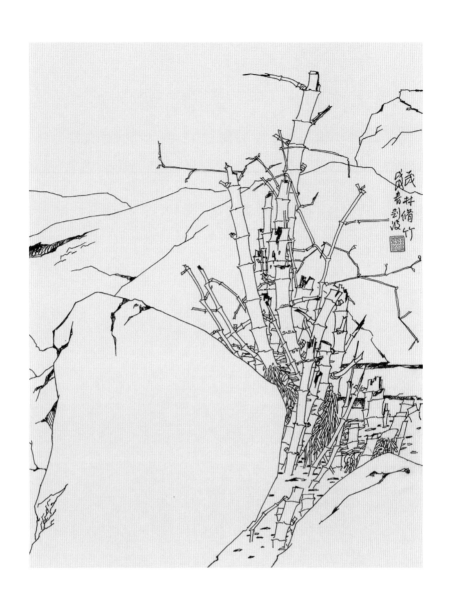

款识：茂林修竹　戊戌春　剑波

钤印：剑波（朱文）

尺寸：35.5cm×27.5cm　纸本设色　写生原稿

时间：2018年3月　漳浦清泉岩

款识：可使食无肉　不可居无竹　无肉令人瘦　无竹令人俗　人瘦尚可肥
　　　　俗士不可医　旁人笑此言　似高还似痴
　　　公元二〇一四年十月于燕京国家园林基地写生　道周故里人　剑波
　　　　　　　　　　　　　钤印：郭（白文）　剑波（朱文）
　　　　　　　　　　尺寸：35.5cm×27.5cm　纸本设色　写生原稿
　　　　　　　　　　时间：2014 年 10 月　北京国家园林基地

款识：剑波速写
尺寸：25cm×70cm　纸本水笔写生原稿
时间：2008 年 12 月　漳浦东罗岩

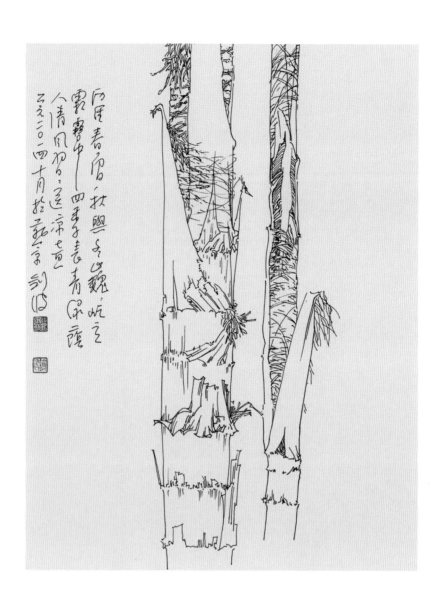

款识：历经春夏秋与冬　巍巍屹立霜雪中　四季表青绿荫人　清风习习送凉意
公元二〇一四年十月于燕京　剑波
钤印：郭（白文）　剑波（朱文）
尺寸：35.5cm x 27.5cm　纸本设色　写生原稿
时间：2014 年 10 月　北京国家园林基地

款识：剑波写

尺寸：35cm×25cm　纸本水笔写生原稿

时间：2008 年 3 月　漳浦清泉岩

无题

尺寸：25cm×35cm　纸本水笔写生原稿

时间：2008 年 3 月　漳浦东罗岩

无题

尺寸 :35cm×25cm 纸本水笔写生原稿

时间 :2008 年 10 月 漳浦杜浔

无题

尺寸：35cm×25cm　纸本水笔写生原稿

时间：2008 年 10 月　漳浦杜浔

无题

尺寸:35cm×25cm　纸本水笔写生原稿

时间:2008 年 10 月　漳浦杜浔

无题

尺寸 :35cm×25cm　纸本水笔写生原稿

时间 :2008 年 11 月　漳浦古雷港口

无题

尺寸 :35cm×25cm　纸本水笔写生原稿

时间 :2008 年 11 月　漳浦东罗岩

无题

尺寸 :35cm×25cm　纸本水笔写生原稿

时间 :2008 年 11 月　漳浦杜浔城里

无题

尺寸 :35cm×25cm　纸本水笔写生原稿

时间 :2008 年 12 月　漳浦古雷

无题

尺寸 :35cm×25cm　纸本水笔写生原稿

时间 :2008年12月　漳浦古雷

无题

尺寸 :35cm×25cm 纸本水笔写生原稿

时间 :2008 年 12 月 漳浦旧镇

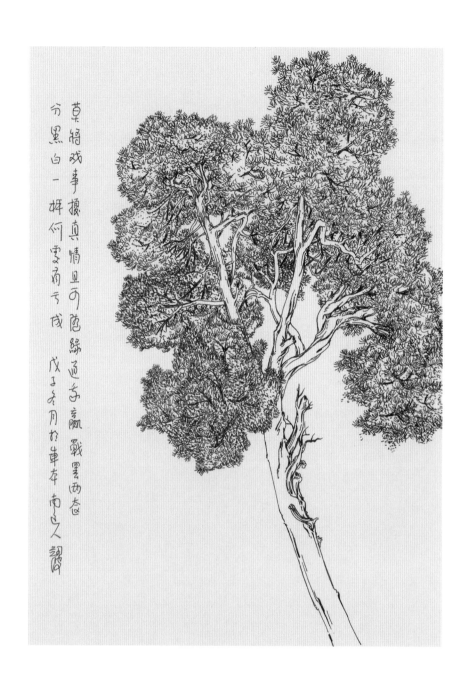

款识：莫将戏事扰真情　且可随缘道我赢　战罢两奁分黑白　一枰何处有亏成
　　　　戊子冬月于车本　南辽人　剑波
尺寸：35cm×25cm　纸本水笔写生原稿
时间：2008年12月　漳浦石榴车本

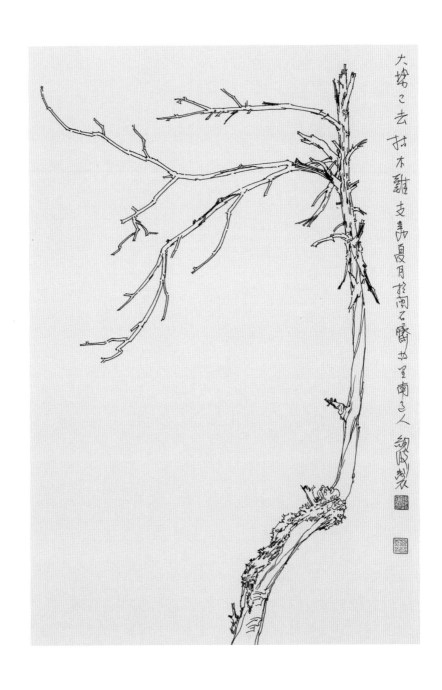

款识：大势已去枯木难支　辛卯夏月于闽石斋故里　南辽人剑波制

钤印：郭（白文）　剑波（朱文）

尺寸：35cm×25cm　纸本水笔写生原稿

时间：2011 年 7 月　漳浦下蔡林场

款识：剑波写于天福石雕园

尺寸 :35cm×25cm×2　纸本水笔写生原稿

时间 :2014 年 1 月　漳浦天福石雕园

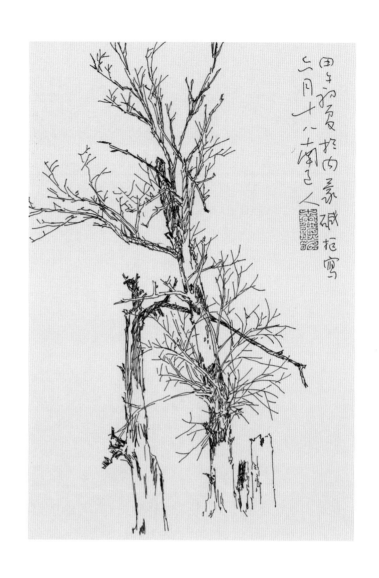

款识：甲午初夏于内蒙碱柜写
　　　六月十八　南辽人
铃印：南辽人（朱文）
尺寸：35cm×25cm　纸本水笔写生原稿
时间：2014 年 6 月　内蒙古自治区

款识：黄河乌海段湿地　甲午夏月　南辽人

尺寸：35cm×25cm　纸本水笔写生原稿

时间：2014年6月　内蒙古自治区写生

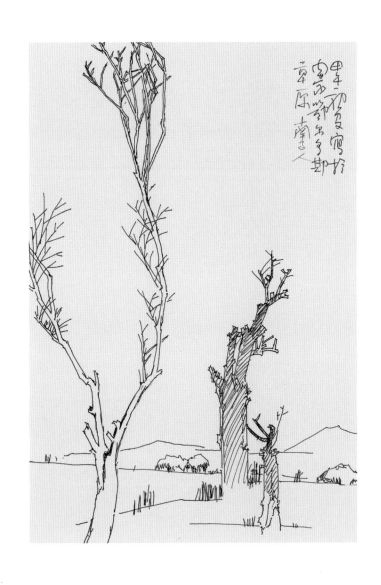

款识：甲午初夏写于内蒙鄂尔多斯草原　南辽人

尺寸：35cm×25cm　纸本水笔写生原稿

时间：2014 年 6 月　内蒙古自治区写生

无题

尺寸：25cm×35cm 纸本水笔写生原稿

时间：2008年11月 漳浦赤湖

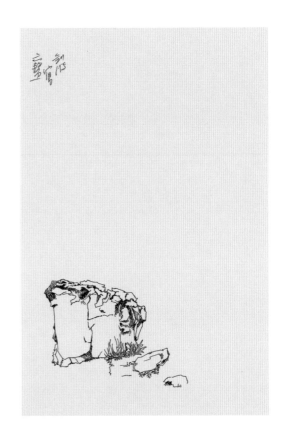

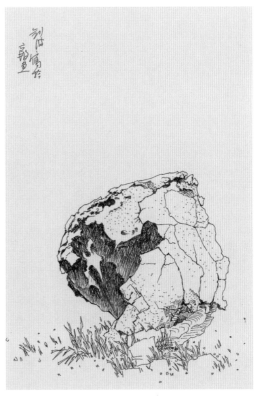

款识：剑波写于六鳌

尺寸：35cm×25cm×2　纸本水笔写生原稿

时间：2012年12月　漳浦六鳌抽象画廊

款识：剑波写于六鳌

尺寸：35cm×25cm×2　纸本水笔写生原稿

时间：2012 年 12 月　漳浦六鳌抽象画廊

无题

尺寸 :35cm×25cm　纸本水笔写生原稿

时间 :2012 年 12 月　漳浦六鳌抽象画廊

款识：剑波写于六鳌

尺寸：35cm×25cm×2　纸本水笔写生原稿

时间：2012 年 12 月　漳浦六鳌抽象画廊

款识：剑波写于六鳌

尺寸 :25cm×35cm　纸本水笔写生原稿

时间 :2012 年 12 月　漳浦六鳌抽象画廊

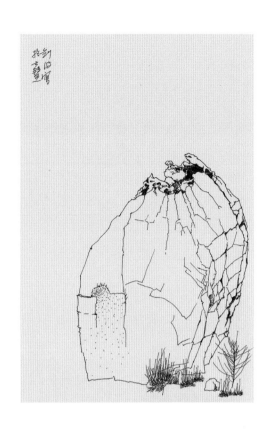

款识：剑波写于六鳌

尺寸：35cm×25cm×2　纸本水笔写生原稿

时间：2012年12月　漳浦六鳌抽象画廊

款识：剑波写于六鳌

尺寸：25cm×35cm　纸本水笔写生原稿

时间：2010 年 12 月　漳浦六鳌

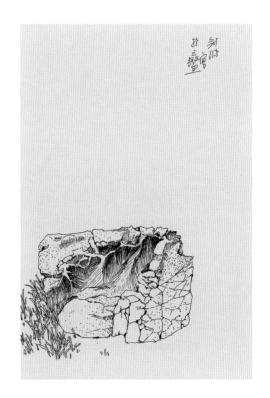

款识：剑波写于六鳌

尺寸：35cm×25cm×2　纸本水笔写生原稿

时间：2012 年 12 月　漳浦六鳌抽象画廊

款识：剑波写于六鳌

尺寸：35cm×25cm　纸本水笔写生原稿

时间：2010 年 12 月　漳浦六鳌

款识：剑波写六鳌

尺寸：25cm×35cm　纸本水笔写生原稿

时间：2010 年 12 月　漳浦六鳌

无题

尺寸 :35cm×25cm　纸本水笔写生原稿

时间 :2010 年 12 月　漳浦六鳌

无题

尺寸 :25cm×35cm　纸本水笔写生原稿

时间 :2010 年 12 月　漳浦六鳌

款识：顽然一块石　卧此苔阶碧　雨露亦不知
霜雪亦不识　园林几盛衰　花树几更易
但问石先生　先生俱记得　辛卯初冬于紫竹院　剑波
钤印：郭（白文）　剑波（朱文）
尺寸：25cm×35cm　纸本水笔写生原稿
时间：2011年12月　北京紫竹院公园

款识：鄂尔多斯桌子山速写
二〇一四六月　南辽人
尺寸：25cm×35cm　纸本水笔写生原稿
时间：2014年6月　内蒙古自治区

款识：鄂尔多斯草原桌子山

岁次甲午夏月　南辽人写

钤印：南辽人（朱文）

尺寸：25cm×35cm　纸本水笔写生原稿

时间：2014年6月　内蒙古自治区

款识：鄂尔多斯腾格里沙漠
　　　甲午初夏写　南辽人

钤印：南辽人（朱文）

尺寸：35cm×25cm　纸本水笔写生原稿

时间：2014年6月　内蒙古自治区

款识：鄂尔多斯腾格里沙漠　甲午夏月写　南辽人

钤印：南辽人（朱文）

尺寸：25cm×35cm　纸本水笔写生原稿

时间：2014年6月　内蒙古自治区

款识：鄂尔多斯草原百眼窑　二〇一四六月和章一哥一起

尺寸：25cm×35cm　纸本水笔写生原稿

时间：2014年6月　内蒙古自治区

款识：鄂尔多斯腾格里沙漠　甲午初夏写　南辽人

钤印：南辽人（朱文）

尺寸：35cm×25cm　纸本水笔写生原稿

时间：2014年6月　内蒙古自治区

款识：鄂尔多斯阿尔赛草原写生　二〇一四六月　南辽人

钤印：南辽人（朱文）

尺寸：35cm×25cm　纸本水笔写生原稿

时间：2014年6月　内蒙古自治区写生

款识：鄂尔多斯桌子山速写　二〇一四六月　南辽人
尺寸：25cm×35cm　纸本水笔写生原稿
时间：2014年6月　内蒙古自治区

款识：内蒙古黄河乌海段湿地写生

甲午初夏　南辽人

尺寸：35cm×25cm　纸本水笔写生原稿

时间：2014年6月　内蒙古自治区

款识：疏影　剑波速写

钤印：郭（白文）　剑波（朱文）

尺寸：25cm×35cm　纸本水笔写生原稿

时间：2011年12月　北京紫竹院公园

清泉龍眼
刘发偉

款识：清泉龙眼　剑波

钤印：郭氏（白文）　剑波（朱文）

尺寸：35.8cm×55.5cm　纸本设色　写生原稿

时间：2018 年 3 月　漳浦清泉岩

款识：剑波

钤印：郭氏（白文）　剑波（朱文）

尺寸：35.5cm×27.5cm　纸本设色　写生原稿

时间：2018 年 3 月　漳浦清泉岩

款识：剑波

钤印：郭氏（白文）　剑波（朱文）

尺寸：35.5cm×27.5cm　纸本设色　写生原稿

时间：2018 年 3 月　漳浦清泉岩

款识：清泉绿荫人　剑波

钤印：郭氏（白文）　剑波（朱文）

尺寸：35.5cm×27.5cm　纸本设色　写生原稿

时间：2018 年 3 月　漳浦清泉岩

无题

尺寸：35.5cm×27.5cm　纸本设色　写生原稿

时间：2018 年 3 月　漳浦清泉岩

款识：剑波

钤印：剑波（朱文）

尺寸：35.5cm×27.5cm　纸本设色　写生原稿

时间：2018年3月　漳浦清泉岩

款识：清泉红军洞

钤印：剑波（朱文）

尺寸：35.5cm×27.5cm　纸本设色　写生原稿

时间：2018 年 3 月　漳浦清泉岩

款识：走清泉陡坡　写松树一棵　戊戌剑波

钤印：郭氏（白文）　剑波（朱文）

尺寸：35.5cm×27.5cm　纸本设色　写生原稿

时间：2018 年 3 月　漳浦清泉岩

无题

尺寸：35.5cm×27.5cm 纸本设色 写生原稿

时间：2018 年 3 月 漳浦霞美虎崆岩

款识：清泉有路　剑波

钤印：郭氏（白文）　剑波（朱文）

尺寸：35.5cm×27.5cm　纸本设色　写生原稿

时间：2018 年 3 月　漳浦清泉岩

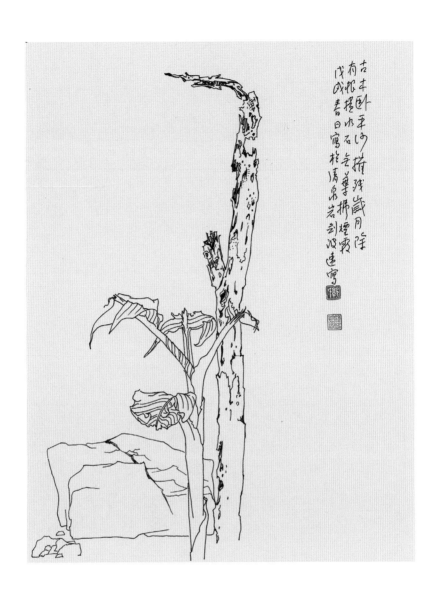

款识：古木卧平沙　摧残岁月除　有根横水石　无叶拂烟霞
　　　戊戌春日写于清泉岩　剑波速写
钤印：郭氏（白文）　剑波（朱文）
尺寸：35.5cm×27.5cm　纸本设色　写生原稿
时间：2018年3月　漳浦清泉岩

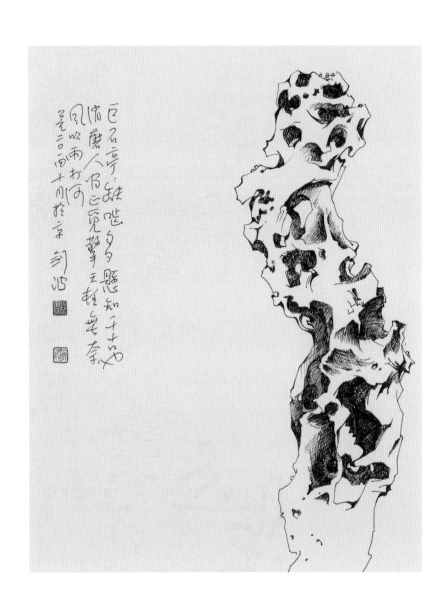

款识：巨石亭亭缺啮多　悬知千古也消磨　人间正觅擎天柱　无奈风吹雨打何
公元二〇一四年十月于京　剑波
钤印：郭（白文）　剑波（朱文）
尺寸：35.5cm×27.5cm　纸本设色　写生原稿
时间：2014 年 10 月　北京紫竹院公园

款识：清泉有路　剑波

钤印：郭（白文）　剑波（朱文）

尺寸：35.8cm×55.5cm　纸本设色　写生原稿

时间：2018 年 3 月　漳浦清泉岩

款识：庚寅夏月写于芗城一七五　石斋南辽人

尺寸 :25cm×35cm　纸本水笔写生原稿

时间 :2010 年 6 月　漳州芗城一七五

款识：剑波速写

尺寸：25cm×35cm　纸本水笔写生原稿

时间：2008年3月　漳浦东罗岩

款识：剑波写

尺寸：45cm×32cm　纸本水笔写生原稿

时间：2008 年 3 月　漳浦清泉岩

无题

钤印：郭剑波印（朱文）　中南堂（白文）

尺寸 :25cm×35cm　纸本水笔写生原稿

时间 :2008 年 10 月　东山风动石

款识：戊子冬月写于车本村　南辽人　剑波

尺寸：45cm×32cm　纸本水笔写生原稿

时间：2008 年 12 月　漳浦石榴车本

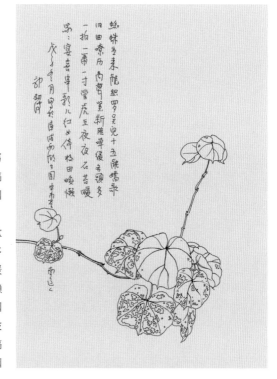

款识：剑波速写
尺寸：35cm×25cm　纸本水笔写生原稿
时间：2008 年 12 月　漳浦西湖公园

款识：蜘蛛生来能织罗　吴儿十五能娇歌
旧曲嘹历商声紧　新腔啴缓务头多
一拍一箫一寸管　虎丘夜夜石苔暖
家家宴喜串歌儿　红女停梭田畯懒
戊子冬月写于漳浦西湖公园
中南堂　郭剑波
尺寸：35cm×25cm　纸本水笔写生原稿
时间：2008 年 12 月　漳浦西湖公园

款识：活碳堆之舞　剑波

尺寸：25cm×35cm　纸本水笔写生原稿

时间：2008 年 12 月　漳浦石榴梅林

款识：剑波速写

尺寸：35cm×25cm　纸本水笔写生原稿

时间：2008 年 12 月　漳浦石榴龙岭

款识：家常佐料　戊子仲冬月　南辽人
尺寸：25cm×35cm　纸本水笔写生原稿
时间：2008 年 12 月　漳浦文化馆中南设计社

无题

尺寸 :35cm×25cm　纸本水笔写生原稿

时间 :2014 年 10 月　普陀山

款识：剑波写于央美

尺寸：35cm×25cm 纸本水笔写生原稿

时间：2009 年 12 月 中央美术学院

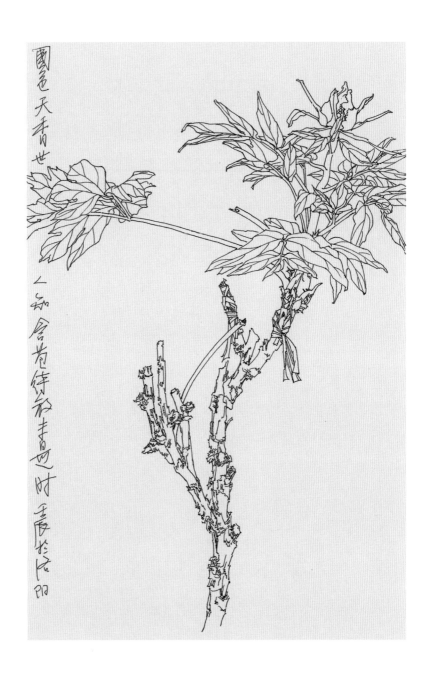

款识：国色天香世人知　含苞待放未是时　壬辰于洛阳

尺寸：35cm×25cm　纸本水笔写生原稿

时间：2012 年 4 月　河南洛阳国际牡丹园

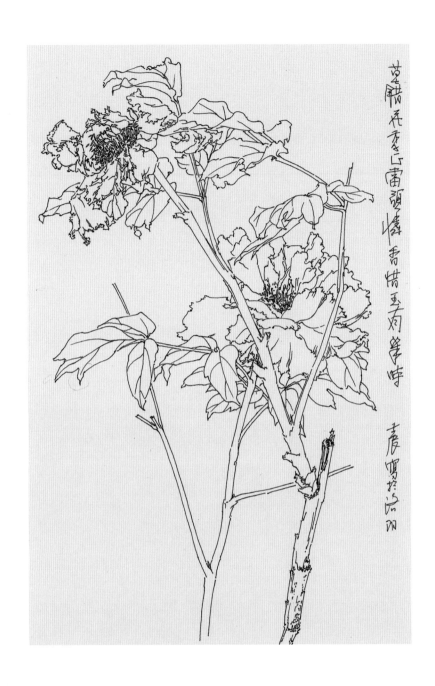

款识：莫错花季正当头　怜香惜玉有几时　壬辰写于洛阳

尺寸：35cm×25cm　纸本水笔写生原稿

时间：2012年4月　河南洛阳国际牡丹园

款识：岁次二〇一〇年写生于洛阳国际牡丹园　剑波

尺寸：35cm×25cm　水笔写生稿

时间：2010 年 4 月　洛阳国际牡丹园

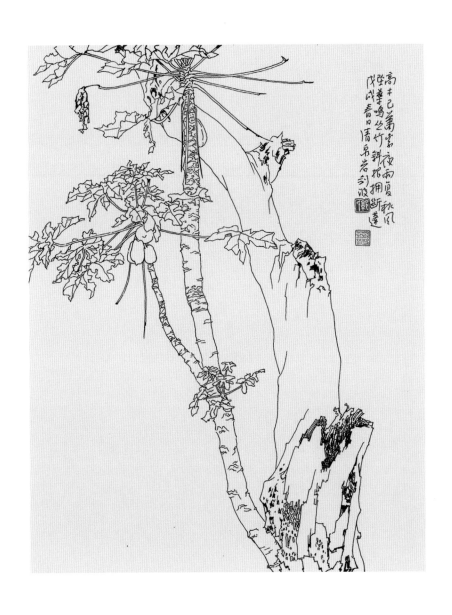

款识：高木已萧索　夜雨复秋风　坠叶鸣丛竹　斜根拥断蓬　戊戌春日清泉岩　剑波

钤印：郭氏（白文）　剑波（朱文）

尺寸：35.5cm×27.5cm　纸本设色　写生原稿

时间：2018 年 3 月　漳浦清泉岩

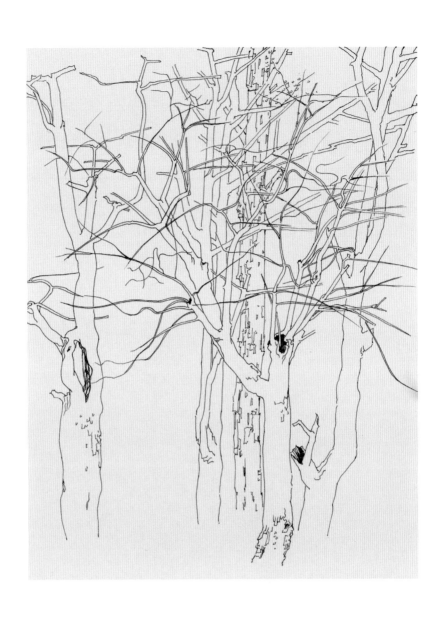

无题

尺寸：35.5cm×27.5cm　纸本设色　写生原稿

时间：2018 年 4 月　漳浦鹿溪公园

款识：荷塘秋色　剑波速写

钤印：郭（白文）　剑波（朱文）

家在塔岭南辽村（朱文）

尺寸：113cm×25cm　纸本水笔写生原稿

时间：2011年12月　北京紫竹院公园

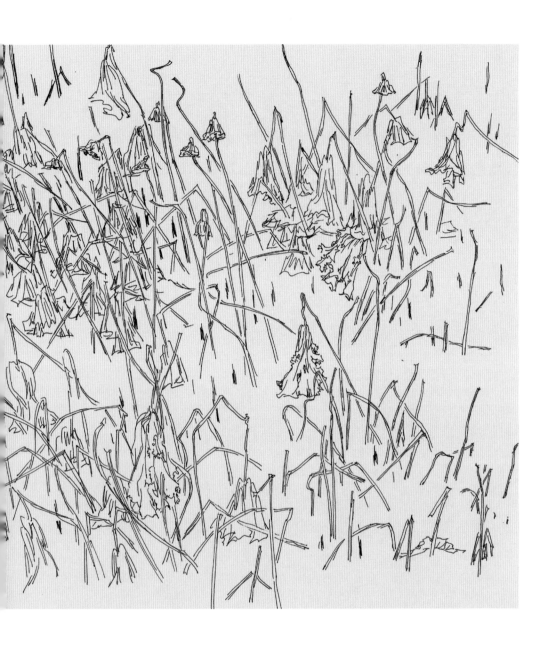

无题

尺寸 :25cm×35cm　纸本水笔写生原稿

时间 :2011 年 11 月　北京紫竹院公园

款识：月华收　云淡霜天曙　西征客　此时情苦　翠娥执手送临歧　轧轧开朱户
千娇面　盈盈伫立　无言有泪　断肠争忍回顾
一叶兰舟　便恁急桨凌波去　贪行色　岂知离绪　万般方寸　但饮恨
脉脉同谁语　更回首　重城不见　寒江天外　隐隐两三烟树
南辽人　剑波速写

钤印：郭（白文）　剑波（朱文）

尺寸：35cm×25cm　纸本水笔写生原稿

时间：2012年12月　北京紫竹院公园

款识：鸳鸯密语同倾盖　且莫与　浣沙人说　恐怨歌　忽断花风　碎却翠云千叠

回首当年汉舞　怕飞去　漫皱留仙裙折　恋恋青衫　犹染枯香

还叹鬓丝飘雪　盘心清露如铅水又一夜　西风吹折

喜静看　匹练秋光　倒泻半湖明月

紫竹院南辽人　剑波速写

钤印：郭（白文）　剑波（朱文）

尺寸：50cm×38cm　纸本水笔写生原稿

时间：2011年12月　北京紫竹院公园

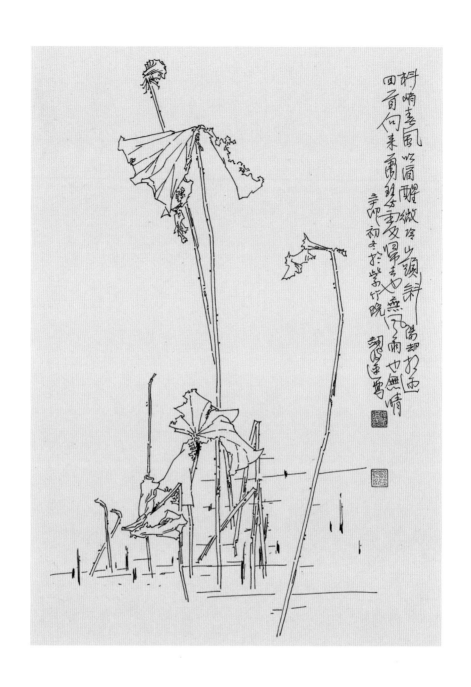

款识：料峭春风吹酒醒　微冷　山头斜阳却相迎
回首向来萧瑟处　归去　也无风雨也无晴
辛卯初冬于紫竹院　剑波速写
钤印：郭（白文）　剑波（朱文）
尺寸：35cm×25cm　纸本水笔写生原稿
时间：2012年12月　北京紫竹院公园

款识：碧圆自洁　向浅洲远浦　亭亭清绝犹有遗簪

　　　　不展秋心　能卷几多炎热

　　　　紫竹院剑波速写并记之

钤印：郭（白文）　剑波（朱文）

尺寸：35cm×25cm　纸本水笔写生原稿

时间：2011年12月　北京紫竹院公园

无题

尺寸：40cm×35cm 纸本水笔写生原稿

时间：2014 年 6 月 北京国家农林基地

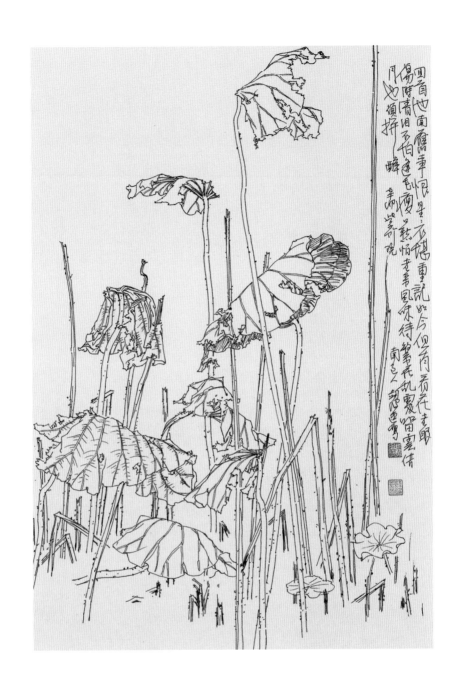

款识：回首池南旧事　恨星星　不堪重记　如今但有　看花老眼　伤时清泪
不怕逢花瘦　只愁怕老来风味　待繁红乱处　留云借月　也须拼醉
辛卯紫竹院　南辽人　剑波速写
钤印：郭（白文）　剑波（朱文）
尺寸：35cm×25cm　纸本水笔写生原稿
时间：2010年10月　北京紫竹院公园

无题

尺寸 :35cm×25cm×2　纸本水笔写生原稿

时间 :2010 年 10 月　北京紫竹院公园

无题

尺寸：74cm×25cm　纸本水笔写生原稿

时间：2010 年 10 月　北京紫竹院公园

款识：守得莲开结伴游　约开萍叶上兰舟　来时浦口云随棹　采罢江边月满楼　花不语
水空流　年年拼得为花愁　明朝万一西风动　争向朱颜不耐秋　南辽人剑波
钤印：郭（白文）　剑波（朱文）　梁山鹿水（朱文）
尺寸：240cm×120cm　纸本线描画
时间：2010 年 10 月　北京望京花家地

款识：荷塘秋趣　剑波写

钤印：郭氏（白文）　剑波（朱文）

尺寸：35.5cm×27.5cm　纸本设色　写生原稿

时间：2018 年 2 月　漳浦后港

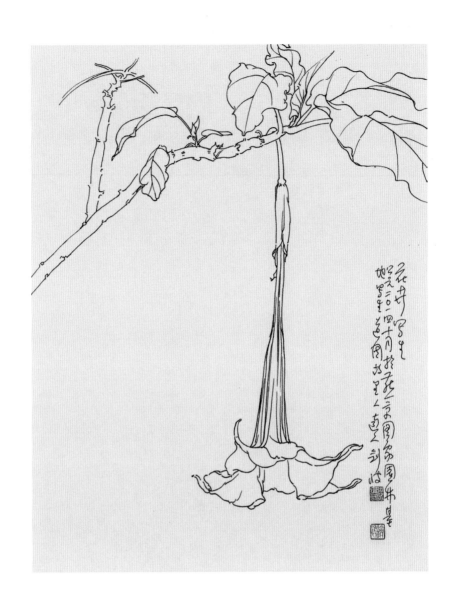

款识：花卉写生

公元二〇一四年十月于燕京国家园林基地写生　道周故里人　南辽人剑波

钤印：郭（白文）　剑波（朱文）

尺寸：35.5cm×27.5cm　纸本设色　写生原稿

时间：2014年10月　北京国家园林基地

款识：岁次己丑仲夏制　二〇〇九中国画造型艺术班
尺寸：25cm×35cm　纸本水笔课堂人体写生原稿
时间：2009年6月　中央美术学院

款识：二〇〇九写于央美　剑波

尺寸：35cm×25cm　纸本水笔课堂人体写生原稿

时间：2009 年 11 月　中央美术学院

款识：鄂尔多斯腾格里沙漠
甲午夏月写　南辽人
钤印：南辽人（朱文）
尺寸：35cm×25cm　纸本写生速写原稿
时间：2014 年 6 月　内蒙古自治区

敬畏

先贤的学识修养遥不可及，从小的敬仰爱慕至今依然。只因生性愚钝，才疏学浅，所学所修仍在路上，幸运的是一路上不时地沾了他们的光……

2017 年 11 月记于漳浦绥安

"相约漳浦"——漳州市中国画名家作品邀请展研讨会

中南堂书画院

创办于 2002 年 6 月　漳浦宾馆 5 号楼

读剑波画后

剑波从中央美院寄来的画集初稿，使我惊叹不已，从数十幅作品中看出他的才气和近几年的用心，使我回忆起二十年前他刚到鼓浪屿在我花鸟班学画画时的情景。他寡言、文静、多思、好学，成绩优秀。毕业后因家境贫困，不能继续画画，从事广告行业后，他不忘常常与书画家接触从中受益。笔停脑不停，心灵体会中国画内涵、熟练书法提高审美能力。

近二三年来他弃商后沉心学画。从他带来画集初稿中，已看出他的过人才气和用功程度。作品中大量画竹，画石。他的形式美，构图新颖不落俗套，用色文雅脱俗，清新，色彩随着内容变化而变化，从画面中看出他把在工艺美术学校中的工艺设计融入绘画中，大胆而得体，艳而不俗。把自然界美的东西表现得十分充分，教育人们要与自然和谐相处、爱护大自然。展现了人类要与自然和谐共存的美好愿望。画面有壮观也有凄凉，引发人们的反思和启示。花鸟画很难直接反映现实生活，往往借物抒情，他做到这点。画册中的题款、书法都充分说明他对书法的追求。许多画家，不重视书法，往往被题款所不足而遗憾，而他重视了！从中看到他的学养。看他的画，他的书法与绘画融为一体。画面完整而和谐，美感十足。他水墨画给我的印象是雅气、富于传统文化之内涵。

他习画时间还很少，需要长期作画，多看、多思、多画。他能在短短二三年内取得较大成绩参加全国性美展，入选全国美展，有的获奖，这和他这几年不懈的努力分不开。相信他在今后的创作中会取得更多的成绩。追求他的梦想，再接再厉，相信加倍努力很快会有较大的跨越。

郑景贤
2010 年 5 月于厦门观涛斋

道周功里障浦白沙有女曰林寸兆三歲喪父養媳七活貧困襄小脚捨紫織布九歲刺繡學十六歲喪夫守節術培訓机會困奮蒼媳峙視而坐持自學一蔚不可的掐明不求肇蓍衷庶入甚自己劇作里唯形威自我風俗紀念百劇林寸兆老人太平凡的藝術劃北人也丁酉仲春勁餘郭劃鴻

百年沧桑　匠心质朴

款识：道周故里漳浦白沙　有女曰林桃　三岁童养媳　生活贫困　裹小脚拾此织布　九岁刺绣　十六岁失去剪纸培训机会　因童养媳歧视而坚持自学　一发不可收拾吸收前辈营养　融入其自己创作思维　形成自我风格　纪念百岁林桃老人不平凡的艺术创作人生　丁酉仲夏敬录　郭剑波

钤印：郭（白文）　剑波（朱文）

尺寸：63cm×8cm　书法

时间：2017年5月　漳浦中南堂

款识：剪梦　为百岁剪纸艺术老人造像　丁酉仲春道周故里人　剑波敬画

钤印：郭氏（白文）　剑波（朱文）　家在塔岭南辽村（朱文）

尺寸：63cm×52cm　纸本设色　中国画

时间：2017年3月　漳浦中南堂

款识：云岚半幅落人间　衣白山人去不还
　　　却忆题诗东涧老　夕阳粉本出关山
　　　丁酉于漳浦画院
钤印：郭氏（白文）　剑波（朱文）
尺寸：32cm×55cm　纸本设色　中国画
时间：2017年4月　漳浦画院

款识：丹山碧水抱朴子　铁骨凌志垂青史　丁酉仲春写于灶山
钤印：郭（白文）　剑波（朱文）　家在塔岭南辽村（朱文）
尺寸：75cm×35cm　纸本设色　中国画写生原稿
时间：2017 年 4 月　漳浦深土灶山

款识：南辽人写

钤印：郭氏（白文）　剑波（朱文）

尺寸：75cm×35cm　纸本设色　中国画写生原稿

时间：2014 年 12 月　漳浦六鳌古城

款识：虎崆岩革命旧址　丁酉仲春写生　剑波

钤印：郭（白文）　剑波（朱文）　家在塔岭南辽村（朱文）

尺寸：75cm×35cm　纸本设色　中国画写生原稿

时间：2017 年 3 月　漳浦霞美虎崆岩

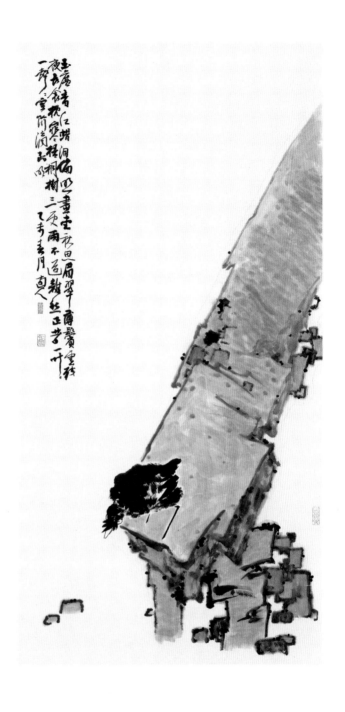

款识：玉虚者　红蜡泪　偏照画堂秋思　眉翠薄　鬓云残　夜长衾枕寒　梧桐树
三更雨　不道离愁正苦　一叶叶　一声声　空阶滴到明　乙未春月　南辽人
钤印：南辽人（朱文）　中南堂（朱文）　石斋故里（朱文）
尺寸：137cm×68cm　纸本设色　中国画
时间：2015 年 3 月　北京中堂华韵

款识：南辽人写

钤印：郭氏（白文）　剑波（朱文）

尺寸：75cm×35cm　纸本设色　中国画生原稿

时间：2015 年 3 月　漳浦万安白鹭森林公园

无题

钤印：南辽人（朱文）

尺寸：42cm×179cm　纸本设色　中国画

时间：2017 年 4 月　漳浦画院

款识：左相宣威沙漠　右相驰誉丹青
二〇一四年六月写于鄂尔多斯草原　南辽人
钤印：南辽人（朱文）
尺寸：90cm×45cm　纸本设色　中国画
时间：2014年6月　北京中堂华韵

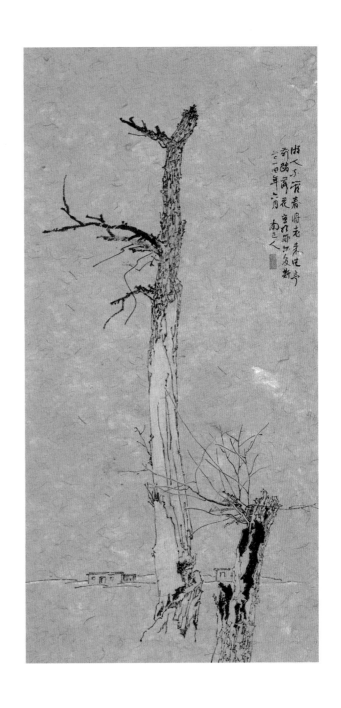

款识：游人不管春将老　来往亭前踏落花

写于鄂尔多斯　二〇一四年六月　南辽人

钤印：南辽人（朱文）

尺寸：90cm×45cm　纸本设色　中国画

时间：2014年6月　北京朝阳东坝

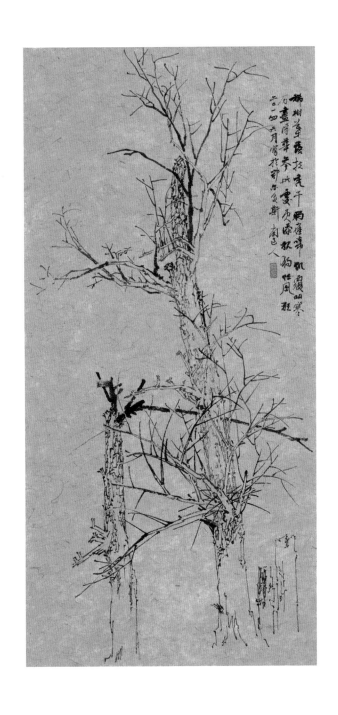

款识：稀树叶落枝秃干　鸦雀啼饥覆叫寒
历尽浮华参此处　更添孤独任风狂
二〇一四年六月写于鄂尔多斯　南辽人
钤印：南辽人（朱文）
尺寸：90cm×45cm　纸本设色　中国画
时间：2014年6月　鄂尔多斯

款识：吉祥草原　鄂尔多斯百眼窑写生　二〇一四年六月　南辽人

钤印：南辽人（朱文）

尺寸：90cm×45cm　纸本设色　中国画

时间：2014 年 10 月　鄂尔多斯

款识：料峭春风吹酒醒　微冷　山头斜照却相迎　回首向来潇瑟处

归去　也无风雨也无晴

制于中央美术学院　石斋故里人中南堂主　南辽人郭剑波画之

钤印：郭氏（朱文）　剑波（白文）　南辽人（朱文）　中南堂（白文）　石斋故里（朱文）

尺寸：179cm×89cm　纸本设色　中国画

时间：2010 年 3 月　中央美术学院

款识：滩头细草接疏林　浪恶罨红半欲沉　俗鹭眠鸥非旧浦
　　　去年沙嘴是江心　岁次甲午夏月　南辽人
钤印：南辽人（朱文）　中南堂（朱文）
尺寸：90cm×45cm　纸本设色　中国画
时间：2014 年 7 月　北京中堂华韵

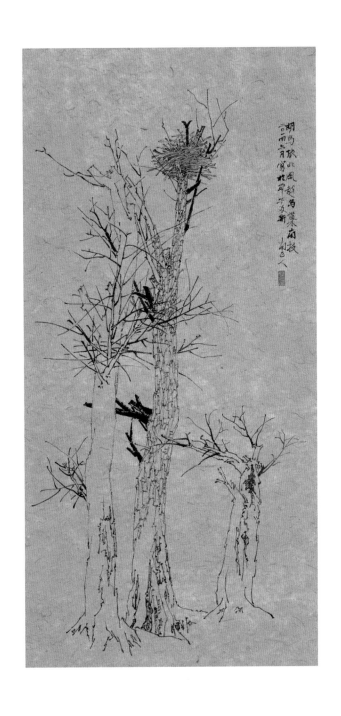

款识：胡马依北风　越鸟巢南枝
二〇一四年六月写于鄂尔多斯　南辽人
钤印：南辽人（朱文）
尺寸：90cm×45cm　纸本设色　中国画
时间：2014 年 6 月　北京朝阳东坝

款识：率土皆王土　安知全高尚　东垄弃黍稷　西游入卿相　属逢利建始　投分参末将
尺寸功未施　河山赏已谅　摄官因时暇　曳裾聊起望　郁盘地势远　参差百雉壮
翠壁绛霄际　丹楼青霞上　夕池出濠渚　朝云生叠嶂　笼鸟易为恩
屠羊无饰让　泰阶端且平　海水本无浪　小臣何日归　顿辔从闲放　剑波
钤印：佛像（朱文）　山顶庵（朱文）　石斋故里（朱文）　郭（朱文）
剑波之印（白文）　南辽人（朱文）　梁山鹿水（朱文）
尺寸：137cm×68cm　纸本设色　中国画
时间：2012 年 3 月　漳浦绥安

款识：人生在世数蜉蝣　转眼乌头换白头　百岁光阴能有几　一张假钞没来由
当年孔圣今何在　昔日萧曹尽已休　遇饮酒时须饮酒　青山偏会笑人愁
岁次癸巳于黄石斋故里漳浦

钤印：郭（朱文）　剑波之印（白文）　佛像（朱文）　山头庵（朱文）　南辽人（朱文）　梁山鹿水（朱文）

尺寸：180cm×90cm　纸本设色　中国画

时间：2013 年 3 月　漳浦绥安

崖栽壁石倚雲
剜地掃松今遐
等年苦蘚毫毛
困雨長麻齎
牽畱任風雪仏
來不食漳峰

章白古韻耕
傚上田惆乐
牧壺巖不趣
更横鐘掛夕
淍桐
绎句以康宣澄日
嗟巳春月秋不斋
西星埽身
苘邑之題

款识：嵯峨怪石倚云间　抛掷于今定几年　苔藓作毛因雨长　藤萝穿鼻任风牵
从来不食溪边草　自古难耕陇上田　恨杀牧童鞭不起　留声斜挂夕阳烟
录自明唐寅诗句　癸巳春月于石斋故里绥安　南辽人剑波
钤印：郭（朱文）　剑波之印（白文）　佛像（朱文）　山头庵（朱文）
石斋故里（朱文）　梁山鹿水（朱文）
尺寸：120cm×300cm　纸本设色　中国画
时间：2013年3月　漳浦中南堂

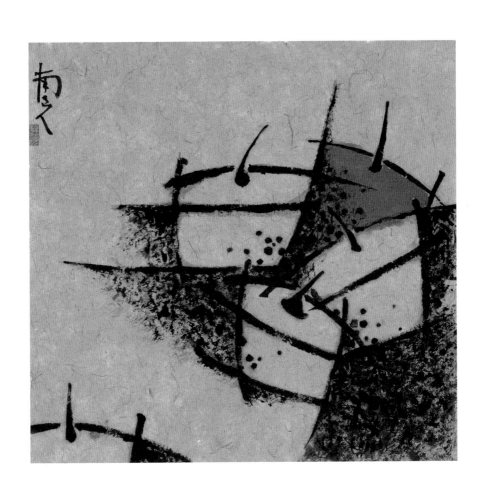

款识：南辽人

钤印：南辽人（朱文）

尺寸：65cm×65cm　纸本设色　中国画

时间：2014 年 6 月　北京中堂华韵

款识：南辽人

钤印：南辽人（朱文）

尺寸：65cm×65cm　纸本设色　中国画

时间：2014年6月　北京中堂华韵

款识：南辽人

钤印：南辽人（朱文）

尺寸：65cm×65cm　纸本设色　中国画

时间：2014 年 6 月　北京中堂华韵

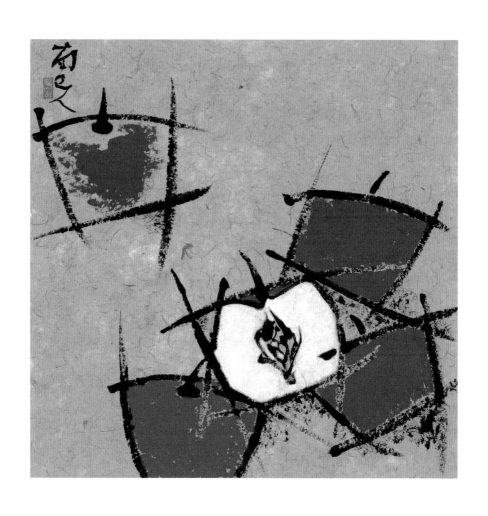

款识：南辽人

钤印：南辽人（朱文）

尺寸：65cm×65cm　纸本设色　中国画

时间：2014年6月　北京中堂华韵

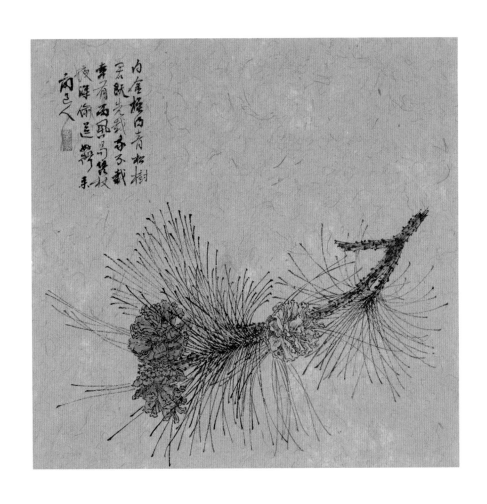

款识：白金换得青松树　君既先栽我不栽
幸有西风易凭杖　夜深偷送好声来　南辽人
钤印：南辽人（朱文）
尺寸：50cm×50cm　纸本设色　中国画
时间：2014 年 4 月　北京东坝

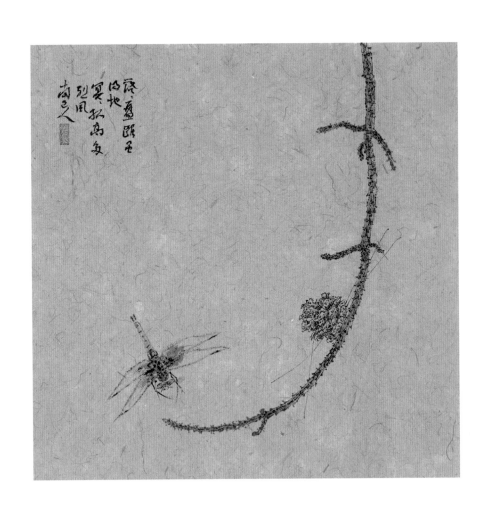

款识：落落盘踞虽得地　冥冥孤高多烈风　南辽人
钤印：南辽人（朱文）
尺寸：50cm×50cm　纸本设色　中国画
时间：2014年4月　北京朝阳

款识：果树结金兰　但见松柏林
　　　经霜不坠地　岁寒无异心
　　　甲午初夏　南辽人
钤印：南辽人（朱文）
尺寸：50cm×50cm　纸本设色　中国画
时间：2014年11月　北京朝阳

款识：倚空高槛冷无尘　往事闲微梦欲分　翠色本宜霜后见
寒声偏向月中闻　啼猿想带苍山雨　归鹤应和紫云府
莫向东园竞桃李　春光还是不容君　松　白居易　南辽人
钤印：石斋故里（朱文）　中南堂（朱文）　南辽人（朱文）
尺寸：50cm×50cm　纸本设色　中国画
时间：2014年5月　北京朝阳

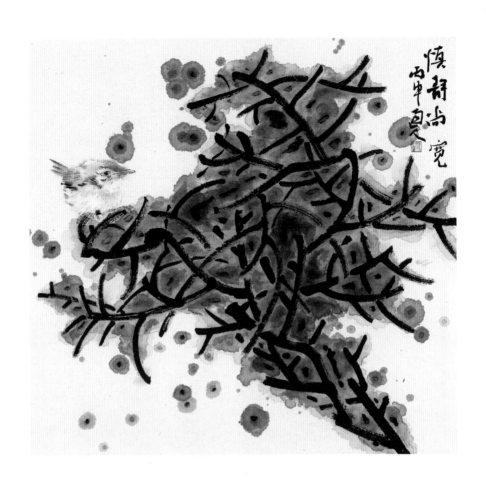

款识：慎静尚宽　丙申　南辽人
钤印：剑波（白文）
尺寸：68cm×68cm　纸本设色　中国画
时间：2016年11月　漳浦绥安

款识：出淤泥而不染　丙申冬　剑波

钤印：南辽人（白文）　剑波（朱文）

尺寸：137cm×20cm　纸本设色　中国画

时间：2016 年 11 月　漳浦中南堂

无题

钤印：郭氏（朱文）　剑波（白文）　石斋故里（朱文）

尺寸：80cm×40cm　纸本设色　中国画

时间：2008年3月　漳浦中南堂

款识：佳人彩云里　欲赠隔天远　相思无因见　怅望凉风前
丙申秋月　道周故里人
钤印：郭氏（朱文）　剑波（白文）
尺寸：68cm×37cm　纸本设色　中国画
时间：2016 年 10 月　漳浦绥安

款识：谈荷容易　乙未春月于北京　南辽人
钤印：南辽人（朱文）　中南堂（朱文）
尺寸：137cm×68cm　纸本设色　中国画
时间：2015年3月　北京朝阳东坝

款识：莲你不认识　燕园不可采莲　莲叶空自田
田无鱼戏在莲中　我亦难入莲间　南辽人
钤印：南辽人（朱文）　石斋故里（朱文）
尺寸：137cm×68cm　纸本设色　中国画
时间：2014年2月　北京中堂华韵

款识：纲常万古　节义千秋　天地知我　家人无忧　南辽人

钤印：南辽人（朱文）　石斋故里（朱文）

尺寸：137cm×65cm　纸本设色　中国画

时间：2014年2月　北京中堂华韵

款识：清凉世界　源于来文老师之稿创作而成

乙未元旦写　南辽人

钤印：南辽人（朱文）　中南堂（朱文）

尺寸：137cm×68cm　纸本设色　中国画

时间：2015年2月　北京朝阳东坝

款识：满堂清气

钤印：郭氏（白文） 剑波（朱文）

尺寸：75cm×35cm 纸本设色 中国画写生原稿

时间：2014 年 11 月 龙岩长汀

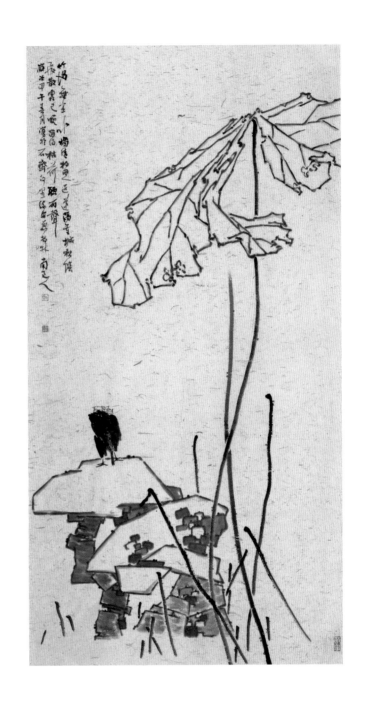

款识：竹坞无尘水槛清　相思迢递隔重城
秋阴不散霜已晚　留得枯荷听雨声
岁次甲午春月写于石斋故里绥安荔枝林　南辽人
钤印：郭（朱文）　剑波之印（白文）　敬事（白文）
尺寸：180cm×87cm　纸本设色　中国画
时间：2014年2月　北京中堂华韵

款识：素花多蒙别艳欺　此花真合在瑶池　无情有恨何人觉
月晓风清欲堕时　石斋故里绥安镇紫荆庭　卫东正　南辽人
钤印：郭氏（朱文）　剑波（白文）　石斋故里（朱文）
尺寸：179cm×89cm　纸本设色　中国画
时间：2011 年 3 月　漳浦中南堂

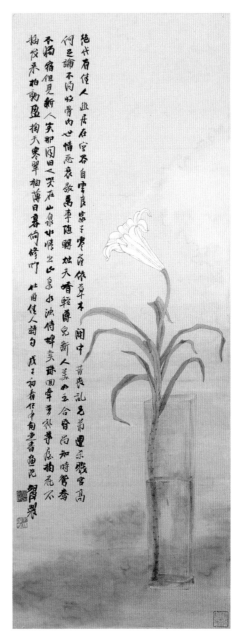

款识：绝代有佳人　幽居在空谷　自云良家子
　　　零落依草木　关中昔丧乱　兄弟遭杀戮
　　　官高何足论　不得收骨肉　世情恶衰歇
　　　万事随转烛　夫婿轻薄儿　新人美如玉
　　　合昏尚知时　鸳鸯不独宿　但见新人笑
　　　那闻旧人哭　在山泉水清　出山泉水浊
　　　侍婢卖珠回　牵梦补茅屋　摘花不插发
　　　采柏动盈掬　天寒翠袖薄　日暮倚修竹
　　　　　　　　　杜甫佳人诗句
　　　戊子初春于中南堂书画院剑波制
钤印：郭剑波印（白文）　梁山鹿水（朱文）
　　　旗鼓毓秀（朱文）
尺寸：230cm×54cm　纸本设色　中国画
　　　时间：2008 年 3 月　漳浦中南堂

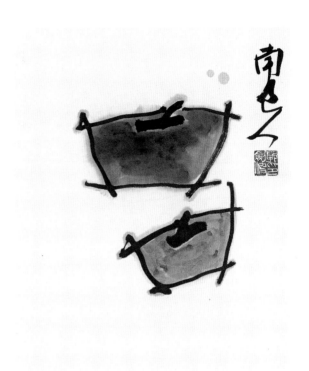

款识：南辽人

钤印：郭剑波印（白文） 南辽人（朱文）

尺寸：71cm×35cm 纸本设色 中国画

时间：2012年9月 漳浦中南堂

款识：依伊　壬辰　剑波

钤印：南辽人（朱文）　郭（白文）　剑波（朱文）

尺寸：71cm×35cm　纸本设色　中国画

时间：2012年9月　漳浦中南堂

款识：壬辰春月于绥安石斋故里　南辽人

钤印：郭（白文）　剑波（朱文）

尺寸：71cm×35cm　纸本设色　中国画

时间：2012年9月　漳浦中南堂

款识：南辽人

钤印：郭剑波印（白文）　南辽人（朱文）

尺寸：71cm×35cm　纸本设色　中国画

时间：2012年9月　漳浦中南堂

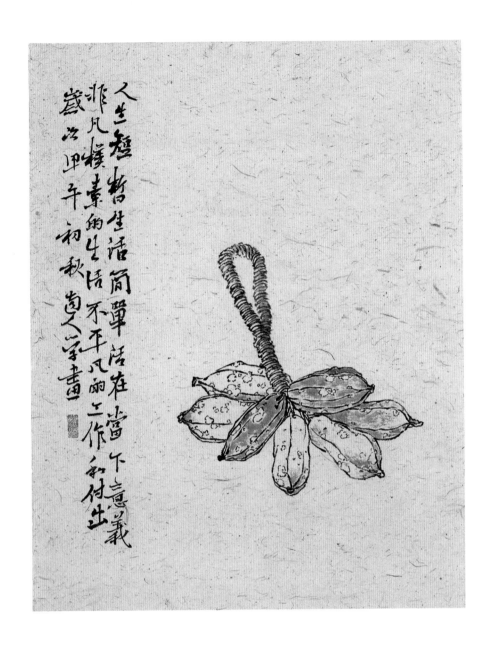

款识：人生短暂　生活简单　活在当下　意义非凡
　　　朴素的生活　不平凡的工作和付出
　　　岁次甲午初秋　南辽人学画
钤印：南辽人（朱文）
尺寸：50cm×40cm　纸本设色　中国画
时间：2014年10月　北京中堂华韵

款识：郭剑波画

钤印：中南堂（白文）　南辽人（朱文）　郭（白文）　剑波（朱文）　家在塔岭南辽村（朱文）

尺寸：100cm×65cm　纸本设色　中国画

时间：2007年12月　漳浦宾馆

款识：国色含苞待　人间春永在

岁次甲午春月此图写生于洛阳国际牡丹园　南辽人

钤印：郭（朱文）　剑波之印（白文）　中南堂（朱文）

尺寸：137cm×68cm　纸本设色　中国画

时间：2014 年 3 月　洛阳

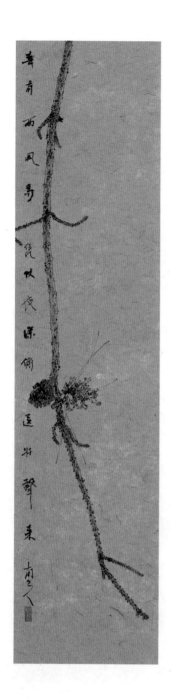

款识：幸有西风易凭仗　夜深偷送好声来　南辽人

钤印：南辽人（朱文）

尺寸：240cm×30cm　纸本设色　中国画

时间：2014 年 10 月　北京中堂华韵

款识：凛然相对敢相欺　直干凌云未要奇
根到九泉无曲处　世间唯有蛰龙知　南辽人

钤印：南辽人（朱文）

尺寸：240cm×30cm　纸本设色　中国画

时间：2014年10月　北京中堂华韵

款识：君不见拂云百丈青松柯　纵使秋风无奈何

钤印：南辽人（朱文）

尺寸：240cm×30cm　纸本设色　中国画

时间：2014 年 10 月　北京中堂华韵

款识：应有山神长守护　松风时为扫埃尘
微吟海月生岩桂　长笑无风起涧松　南辽人
钤印：南辽人（朱文）
尺寸：240cm×30cm　纸本设色　中国画
时间：2014年10月　北京中堂华韵

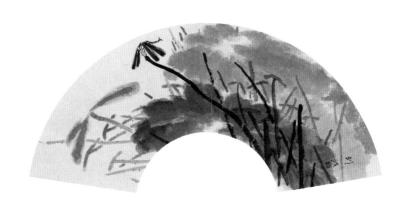

款识：剑波

钤印：郭氏（白文）　剑波（朱文）

尺寸：25cm×55cm　纸本设色　中国画

时间：2015年6月　漳浦荔枝林

517

款识：荷塘月色

钤印：郭氏（白文） 剑波（朱文） 中南堂（白文）

尺寸：25cm×55cm　纸本设色　中国画

时间：2015年6月　漳浦荔枝林

款识：不染图　乙未夏　南辽人

钤印：郭氏（白文）　剑波（朱文）

尺寸：25cm×55cm　纸本设色　中国画

时间：2015年6月　漳浦荔枝林

款识：事事如意　岁次甲午冬月于北京　南辽人剑波

钤印：南辽人（朱文）

尺寸：25cm×55cm　纸本设色　中国画

时间：2014 年 12 月　北京中堂华韵

款识：自然的春夏秋冬　人生亦是　南辽人

钤印：南辽人（朱文）

尺寸：25cm×55cm　纸本设色　中国画

时间：2014 年 12 月　北京中堂华韵

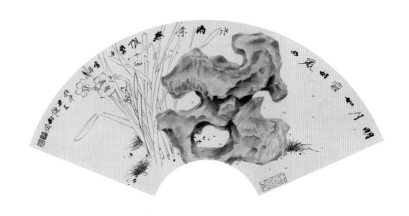

款识：明月如霜　好风如水　清景无限

　　　　岁次庚寅年春月于中央美院　剑波

钤印：郭氏（白文）　剑波（朱文）　石斋故里（朱文）

尺寸：25cm×55cm　纸本设色　中国画

时间：2010 年 3 月　北京望京花家地

款识：见梨花初带夜月　海棠半含朝雨
　　　岁次于庚寅春月制　中央美院　剑波
钤印：郭氏（白文）　剑波（朱文）
尺寸：25cm×55cm　纸本设色　中国画
时间：2010年3月　北京望京花家地

款识：乐在老家　乙未仲夏于道周故里　南辽人

钤印：郭氏（白文）　剑波（朱文）　家在塔岭南辽村（朱文）

尺寸：25cm×55cm　纸本设色　中国画

时间：2015年6月　漳浦荔枝林

款识：晚秋　乙未　南辽人

钤印：剑波之印（白文）

尺寸：25cm×55cm　纸本设色　中国画

时间：2015年6月　漳浦荔枝林

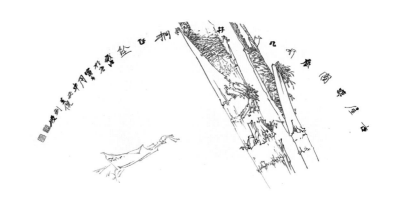

款识：古屋寒窗底　听几片林桐飞坠
　　　岁次于庚寅春月中央美院　剑波
钤印：郭氏（白文）　剑波（朱文）
尺寸：25cm×55cm　纸本设色　中国画
时间：2010年3月　北京望京花家地

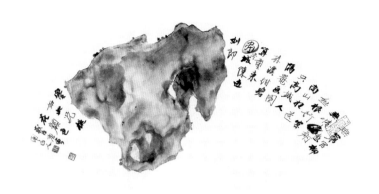

款识：无穷官柳　无情画舸　无根行客　南山相送
　　　只高城人隔　罨画园林溪绀碧　算重来
　　　尽成陈迹　刘郎鬓如此　况桃花颜色
　　　岁次庚寅　南辽人
钤印：郭氏（白文）　剑波（朱文）　石斋故里（朱文）
尺寸：25cm×55cm　纸本设色　中国画
时间：2010年3月　北京望京花家地

款识：晓色云开春随人意　岁庚寅　剑波

钤印：郭氏（白文）　剑波（朱文）　石斋故里（朱文）

尺寸：25cm×55cm　纸本设色　中国画

时间：2010年3月　北京望京花家地

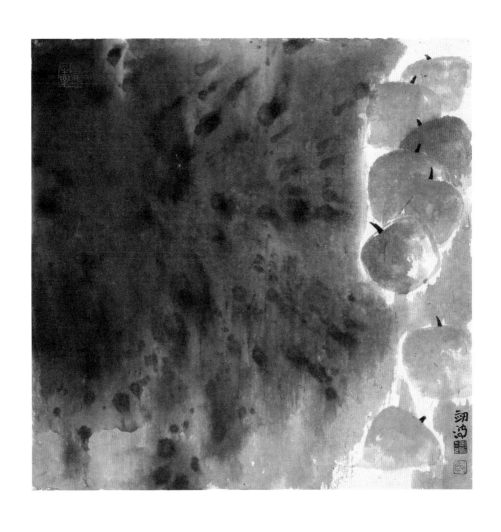

款识：剑波

钤印：剑波之印（白文） 郭（朱文） 陶我一生乐（朱文）

尺寸：69cm×69cm 纸本设色 中国画

时间：2018年4月 漳浦画院

款识：青玉冠西海　碧石弥外区　化为中园实　其下成路衡　在先良足贵
　　　因小邀难逾　色润房陵缥　味夺寒水朱　摘持欲以献　尚食且踟蹰
　　　　　　　　　　　　　　　　　　　　　　　　　漳浦画院　剑波
　　　钤印：剑波之印（白文）　郭（朱文）
　　　尺寸：69cm×69cm　纸本设色　中国画
　　　时间：2018 年 4 月　漳浦画院

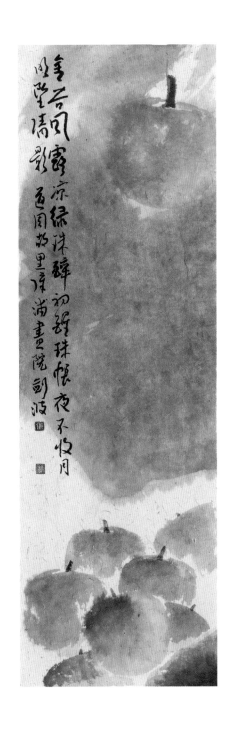

款识：金谷风露凉　绿珠醉初醒　珠帐夜不收　月明坠清影
　　　道周故里漳浦画院　剑波
钤印：郭氏（白文）剑波（朱文）
尺寸：69cm×20cm　纸本设色　中国画
时间：2018年4月　漳浦画院

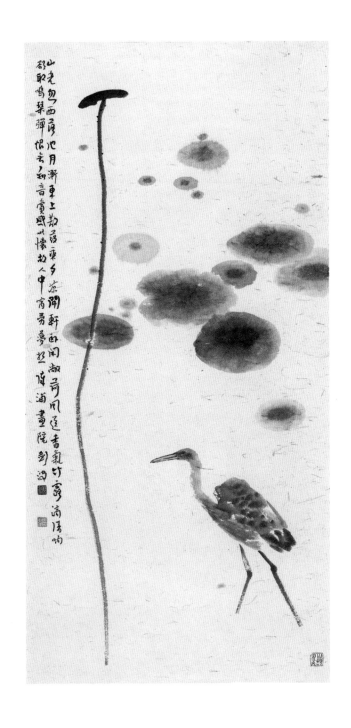

款识：山光忽西落　池月渐东上　散发乘夕凉　开轩卧闲敞　荷风送香气
竹露滴清响　欲取鸣琴弹　恨无知音赏　感此怀故人　中宵劳梦想
漳浦画院　剑波

钤印：郭（白文）　剑波（朱文）　山头庵（朱文）

尺寸：138cm×69cm　纸本设色　中国画

时间：2018年4月　漳浦画院

款识：时人不识凌云木　直待凌云始道高
漳浦画院　剑波
钤印：剑波（白文）　郭氏（朱文）　南柯一梦（朱文）
尺寸：138cm×69cm　纸本设色　中国画
时间：2018年4月　漳浦画院

款识：草团标正对山凹　山竹炊粳　山水煎茶　山芋山薯　山葱山韭　山花山果
山溜响冰敲月牙　扫山云惊散林鸦　山色元佳　山景堪夸　山外青霞　山下人家
戊戌漳浦画院　剑波

钤印：剑波之印（白文）　郭（朱文）

尺寸：138cm×34.5cm　纸本设色　中国画

时间：2018年3月　漳浦画院

款识：烟翠三秋色　波涛万古痕　削成青玉片　截断碧云根
　　　风气通岩穴　苔文护洞门　三峰具体小　应是华山孙
　　　戊戌春日于道周故里梁山之畔　漳浦画院　剑波写意
钤印：剑波之印（白文）郭（朱文）家在石斋故里（朱文）
　　　　　　　　尺寸：138cm×34.5cm　纸本设色　中国画
　　　　　　　　　　　时间：2018年3月　漳浦画院

款识：此时气萧飒　琴院可应关　鹤似君无事　风吹雨遍山

松生青石上　泉落白云间　有径连高顶　心期相与还

岁次戊戌春月写于道周故里绥安镇荔枝林中南堂　漳浦画院　剑波

钤印：剑波之印（白文）　郭（朱文）　石斋故里（朱文）

尺寸：138cm×34.5cm　纸本设色　中国画

时间：2018年3月　漳浦中南堂

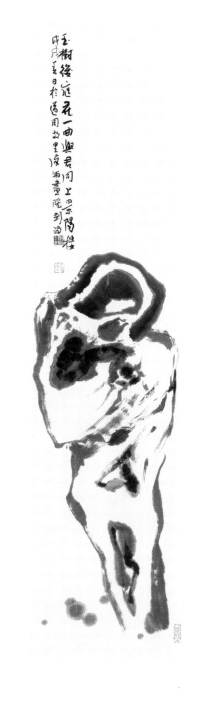

款识：玉树后庭花一曲　与君同上景阳楼

戊戌壬日栏道周故里漳浦画院　剑波

钤印：剑波之印（白文）　郭（朱文）　石斋故里（朱文）

尺寸：138cm×34.5cm　纸本设色　中国画

时间：2018 年 3 月　漳浦画院

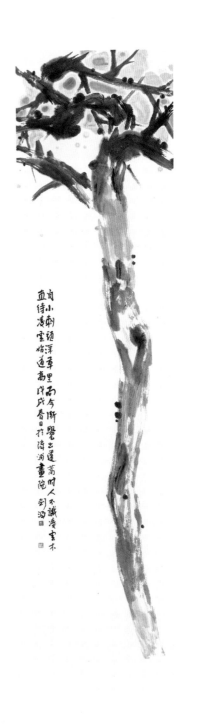

款识：自小刺头深草里　而今渐觉出蓬蒿　时人不识凌云木　直待凌云始道高

戊戌春日于漳浦画院　剑波

钤印：郭（白文）　剑波（朱文）

尺寸：138cm×34.5cm　纸本设色　中国画

时间：2018 年 3 月　漳浦画院

款识：红色虎崆岩

二〇一八年四月八日写于霞美　剑波

钤印：郭氏（白文）　剑波（朱文）

尺寸：100cm×50cm　纸本设色　中国画

时间：2018 年 4 月　漳浦霞美虎崆岩

款识：红色清泉

二〇一八年四月道周故里人　剑波

钤印：郭氏（白文）剑波（朱文）

尺寸：100cm×50cm　纸本设色　中国画

时间：2018 年 4 月　漳浦清泉岩

江山如画 茅檐低凹 妻蚕女织儿耕稼 务桑麻 捕鱼虾 渔樵见了无别语 三国鼎分牛继马 兴 也任他 亡 也任他 元曲陈草庵中吕山坡羊叹世也 剑波

款识：江山如画　茅檐低凹　妻蚕女织儿耕稼　务桑麻　捕鱼虾
渔樵见了无别语　三国鼎分牛继马　兴　也任他　亡　也任他
元曲陈草庵中吕山坡羊叹世也　剑波
钤印：剑波之印（白文）　郭（朱文）
尺寸：138cm×18cm　书法
时间：2018 年 4 月　漳浦画院

隆冬嚴寒時節歲功來待將遷謝愛惜梅花積下雪分付

與東君略添些豐年也

元曲馬致遠仙吕青哥兒十二月漳浦畫院劍波

款识：隆冬寒严时节　岁功来待将迁谢　爱惜梅花积下雪

分付与　东君略添些　丰年也

元曲马致远仙吕青哥儿十二月　漳浦画院　剑波

钤印：郭（白文）　剑波（朱文）

尺寸：138cm×18cm　书法

时间：2018 年 4 月　漳浦画院

酒新篘一葫蘆善醉海棠洲一葫蘆未飲香先透俯仰糟丘傲人間萬戶侯重醅後夢景皆虛謬莊周化蝶蝶化莊周元曲盧摯戊戌春日道周故里劍波

款识：酒新篘　一葫芦春醉海棠洲　一葫芦未饮香先透　俯仰糟丘
傲人间万户侯　重醅后　梦景皆虚谬　庄周化蝶　蝶化庄周
元曲卢挚　戊戌春日道周故里　剑波
钤印：剑波之印（白文）　郭（朱文）
尺寸：138cm×18cm　书法
时间：2018 年 4 月　漳浦画院

苍波萬頃孤岑矗 是一片水面上天竺 金鰲頭滿咽三杯 吸盡江山濃綠 蛟龍慮恐下燃犀 風起浪翻如屋 任夕陽歸棹縱橫 待償我平生不足

元曲王惲正宮黑漆弩游金山寺并序 道周故里梁山鹿水之畔 漳浦畫院 劍波

款識：苍波万顷孤岑矗　是一片水面上天竺　金鳌头满咽三杯
吸尽江山浓绿　蛟龙虑恐下燃犀　风起浪翻如屋
任夕阳归棹纵横　待偿我平生不足
元曲王恽正宫黑漆弩游金山寺并序　道周故里梁山鹿水之畔
漳浦画院　剑波
钤印：剑波之印（白文）　郭（朱文）
尺寸：138cm×18cm　书法
时间：2018年4月　漳浦画院

嗟南朝六代倾危结绮临春今已成灰惟有台城挂残阳水绕山围胭脂井金陵草萋绿庭空玉树花飞燕舞莺啼王谢堂前待得春归漳浦画院剑波

款识：叹南朝六代倾危　结绮临春　今已成灰　惟有台城
挂残阳水绕山围　胭脂井　金陵草萋　后庭空　玉树花飞
燕舞莺啼　王谢堂前　待得春归　漳浦画院　剑波
钤印：剑波之印（白文）　郭（朱文）
尺寸：138cm×18cm　书法
时间：2018 年 4 月　漳浦画院

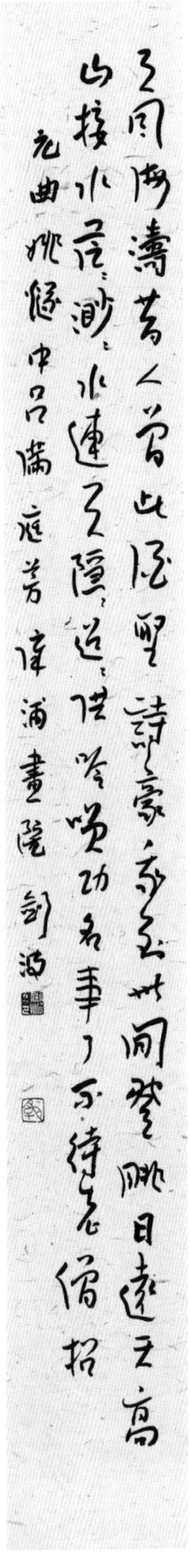

款识：天风海涛　昔人曾此　酒圣诗豪　我到此闲登眺
日远天高　山接水　茫茫渺渺　水连天　隐隐迢迢
供吟啸　功名事了　不待老僧招
元曲姚燧中吕　满庭芳　漳浦画院　剑波
钤印：剑波之印（白文）　郭（朱文）
尺寸：138cm×18cm　书法
时间：2018 年 4 月　漳浦画院

才欢悦 早间别 痛煞煞好难割舍 画船儿载将春去也 空留下半江明月 元曲卢挚寿阳曲 别珠帘秀

戊戌春月于道周故里梁山鹿水之畔漳浦画院 剑波

款识：才欢悦 早间别 痛煞煞好难割舍 画船儿载将春去也
空留下半江明月 元曲卢挚寿阳曲 别珠帘秀
戊戌春月于道周故里梁山鹿水之畔漳浦画院 剑波
钤印：剑波之印（白文） 郭（朱文）
尺寸：138cm×18cm 书法
时间：2018 年 4 月 漳浦画院

前年维舟寒濑　对蓬窗　丛菊花开　陈迹犹存戏马台　说道丹阳寄奴来　愁无奈

元曲马致远仙吕青哥儿九月漳浦画院　剑波

款识：前年维舟寒濑　对蓬窗　丛菊花开　陈迹犹存戏马台
说道丹阳寄奴来　愁无奈
元曲马致远仙吕青哥儿九月漳浦画院　剑波
钤印：郭（白文）剑波（朱文）
尺寸：138cm×18cm　书法
时间：2018年4月　漳浦画院

言句来无奈

元曲马致远仙吕青

哥儿九月诗满画院

刘海

荣年催舟寒瀬

討迢富蕭菊花

開陳迹於存戲

馬臺説道丹陽

后　记

　　涂鸦系童年之趣，书画乃毕生之梦。余自学府肄业近十五春秋，时光一晃而过矣。其间虽少触丹青，然衷心挚爱兮。近十载来，重缘执笔，敬业展事，于今梳理成此集，总结之外，亦为抛砖引玉也。丹青路上，承蒙诸贤达鼓励抬爱；深情厚谊，未曾忘怀，兹表诚挚谢意，并祈一如既往给予关心支持。编辑时虽用心用情之至，然因才学疏浅，难免瑕疵错漏，诚望方家批评指正为谢！

郭剑波

二〇一八年元月

图书在版编目（ＣＩＰ）数据

郭剑波作品：竹语 / 郭剑波绘著 . -- 上海：上海
书画出版社 , 2018.6
ISBN 978-7-5479-1708-4

Ⅰ . ①郭… Ⅱ . ①郭… Ⅲ . ①竹－花卉画－作品集－
中国－现代 Ⅳ . ① J222.7

中国版本图书馆 CIP 数据核字 (2018) 第 020434 号

郭剑波作品：竹语

郭剑波　　绘 著

责任编辑	孙 晖　袁 媛
审　读	田松青
技术编辑	顾 杰
装帧设计	郭剑波

出版发行	上海世纪出版集团　上海书画出版社
地　址	上海市延安西路593号　200050
网　址	www.ewen.co www.shshuhua.com
E－Mail	shcpph@163.com
印　刷	北京久佳印刷有限责任公司
经　销	各地新华书店
开　本	787×1092　1/16
印　张	37.75
版　次	2018年6月第1版　2018年6月第1次印刷
书　号	ISBN 978-7-5479-1708-4
定　价	360.00元

若有印刷、装订质量问题，请与承印厂联系